文家驹诗文集

○ 文家驹 著

人民出版社

组稿编辑:王善超
责任编辑:李椒元
装帧设计:万长林
责任校对:余 倩

图书在版编目(CIP)数据

文家驹诗文集 / 文家驹著.-北京:人民出版社,2012.9
ISBN 978 - 7 - 01 - 011115 - 5

Ⅰ.①文… Ⅱ.①文… Ⅲ.①诗歌研究-中国-当代-文集②诗词-
作品集-当代-文集 Ⅳ.①I207.2-53②I227

中国版本图书馆 CIP 数据核字(2012)第 179085 号

文家驹诗文集
WENJIAJU SHIWENJI

文家驹 著

人民出版社 出版发行
(100706 北京东城区隆福寺街99 号)

北京世纪雨田印刷有限公司印刷 新华书店经销

2012 年 9 月第 1 版 2012 年 9 月北京第 1 次印刷
开本:710 毫米×1000 毫米 1/16 印张:14
字数:200 千字 印数:0,001-3,000 册

ISBN 978-7-01-011115-5 定价:28.00 元

邮购地址 100706 北京东城区隆福寺街 99 号
人民东方图书销售中心 电话 (010)65250042 65289539

书房近影（1981 年）

1986 年于岳阳南湖公园

1980 年与夫人朱镕聪于岳阳楼

处处花阴处处莺，岳阳原是绿杨城。
一楼花影因风俏，万户华灯碰月明。
花相文章真有价，小乔大婿最知兵。
大江东去滔滔浪，激励英雄是此声。

（二）

故人邀我话桑麻，绿树青山绕郭斜。
腊雪梅花藏旨酒，石泉槐火试新茶。
五湖风月权为主，一棹烟波便是家。
他日卜居何处好，南湖更比武林嘉。

（三）

破万卷书行万里，巴陵胜状要重操。
潇湘花雨流红浪，图画春山点翠岚。
三醉神仙留幻迹，八州子弟寇空谈。
孤舟老病多年泪，湘水雄魂归楚醪三。

手迹之一《南湖春兴》

手迹之二《百字令》

林聪薰沐，谨百报楚妹寿星芳辰：窗外
腊粲初绽蕊，雅致英姿高格。百朵幽芳，
百篇佳韵，百岁长康泽。此生修到，萼
身原是明月。　　曾记汉水越鸳星
沙仙鸟，入社诗清绝。弹指而今皆老矣，
莫叹鬓云头雪。豪气如虹，屠鲸东海共
展南天翮。寿芳盘马熊罴，还射西北。

百字令一首敬祝

茱萸　楚妹贤伉俪健康长寿

乙卯季冬申浣之七日

目　　录

下编 诗 论

心血不会冷却

——《文家驹诗文集》序

李元洛

　　东风暗换年华。犹记上个世纪七十年代前期，江湖沦落的我被调往岳阳师专（现湖南理工学院之前身）中文系任教，有幸和嘉山好水胜记名诗为伴，也有幸认识了文家驹先生。家驹先生其时已年迈花甲，而我刚逾而立之年，中文系共事五载，人称"文老"的家驹先生不但是蔼然如也的长者，而且是江水泱泱的学者、云山苍苍的贤者，同时还是一位长葆赤子之心的诗人，给我以深刻而美好的印象，予我以深长而多方的教益。岁月不居，仿佛只是转瞬之间，今年竟已是上世纪末驾鹤西游的文老之百年冥寿，而我也已越杜甫所云"人生七十古来稀"之年。岳阳师专在南湖之旁，今日为文老的诗文集作序，抚今追昔，我起伏的心潮亦如南湖的波涛拍岸。

　　我与文老有同事之缘，家父李伏波先生与文老则有诗文之谊。上个世纪七十年代后期，家父与文老同时在长沙参加修订《辞源》，于焉相识。八十年代伊始洞庭诗社成立，文老出任第一任社长，家父也曾应邀忝列诗社的文酒之会。检家父之诗集《雪鸿吟草》，题赠文老与洞庭诗社之作共有五首之多。文老爱梅,先后赋梅多首,不让古代众多之咏梅诗专美于前,家父《赠文翁家驹》有道是:"怪道诗翁爱岁阑,梅花几树好常看。只缘身与梅为侣,人似梅花也耐寒!"另一首则与我有关,洞庭诗社于岳阳楼举办迎春诗会,其时我已调往湖南省文联,文老命我参加,家父作《寄呈文家驹社长》:"老久沉沦翮未伤,乘时奋起学鹰扬。衰翁本有鹏抟志,稚子初临笔战场。北宋文章推范相,东吴才俊数周郎。岳阳楼上迎春会,可与风流竞短长?"虽云雪泥鸿爪,毕竟是上一辈的文谊诗缘,春秋佳日,月夕风晨,常常令我不禁蓦然回首,往事重温,往诗也重温。

文老是早年即投身革命事业的老共产党人,是从教近七十年的德高望重的教育家,同时,他还是一位术业有专攻的学者,是一位极具诗人风范的诗人。虽然资深格老,他却低调朴实而一如草根平民;虽然腹笥深厚,他却谦和平易而绝无张狂之气;虽然垂垂老矣,他却永远鹤发童心。在我的感受和印象中,他更像一位现代的魏晋名士,更是一位继承了更多的传统美德与作风的真正诗人。当今之世,不少名士是伪名士,不少诗人是伪诗人,文老是真名士而兼真诗人,或者说真诗人而兼真名士。文老有知,不知会不会欣然同意?

文老少年早慧,作赋敲诗即有"才子"与"神童"之誉。屡历坎坷曾经沧海之后,他却依然心如赤子,于诗情有独钟。"不向文君把酒沽,不弹长铗叹无鱼。平生嗜好浑忘尽,除却吟诗与买书"(《洞庭秋思》之七),"我与梅花有旧盟,岁寒清话倍情亲。吟诗脱尽官商气,掷地才成金石声"(《咏梅》之七),"今年国际儿童节,无数鲜花烂漫红。八十年来真是梦,梦回仍是老顽童"(《儿童节戏成两绝句》之一),文老本质上是一位诗人,所以他才如此与诗相近相亲,相知相守。他最好的诗,是那些吟咏性情抒怀寄意之作,和歌咏巴陵胜状岳阳风物的篇章。前者如《满城风雨近重阳五首》、《瓶梅四绝》、《春柳四首》、《秋兴八首用老杜原韵而反其悲秋之意》、《咏梅八首》等佳篇,后者如《南湖春兴八首》、《洞庭秋思十二首》等胜构。"诗爱放翁忧国句,爱梅还敢向翁夸。他年埋骨梅花下,永赏清芬永护花","处处长堤处处莺,岳阳原是绿杨城。一楼花影因风俏,万户华灯碍月明。范相文章真有价,小乔夫婿最知兵。大江东去滔滔浪,激励英雄是此声",近四十年前,我就曾经熟记《南湖春兴》的首章和《咏梅》的尾篇。逝水流年,近四十年后我随心背诵之际,依然有豪情陡涨,依然有口颊香生。文老除了吟诗作赋,他还双管齐下,撰有不少诗学著作,可惜在十年浩劫中多被抄毁,此书收录的《论杜甫绝句》、《古典诗词鉴赏》、《不薄今人爱古人》等篇,只是劫后之遗珠,令人叹惋。后二者为金针度人之谈,颇具源自创作实践之真知灼见,《论杜甫绝句》一文,则是杜诗绝句的特色、价值及影响之纵横论,同时,也批驳了无视或贬低杜甫绝句的陋见浅识,是我读到的有关杜甫绝句的功力最深最具份量之大块文章,众多有关同类论文均难出其右。

此情可待成追忆。犹记近四十年前我因赶写一篇时文,于简陋的平房住室挑灯夜战,在通宵而尚未达旦之时,于天色欲明未明之际,白发蟠然菩萨心肠的文老,大约是壮心未与年俱老仍欲闻鸡而起舞吧,忽然在我的窗外探头而关切地笑问:"你还没有睡觉呀?"此情拳拳,犹暖心田;此景历历,恍如昨日。在历经八十四载的人生长途跋涉之后,心力交疲的文老已于十多年前安然睡去。然而,青山不老,绿水长流,我们的文老他仍然醒着,他醒在所有忆念他的高风懿范的人之心中,也醒在他心血永远不会冷却的清辞丽句里。

二〇一二年草长莺飞之日于长沙

作 者 小 传

　　文家驹(1912～1996)，男，湖南醴陵市人，教育家、著名诗人，中国古典文学诗词研究专家，曾任岳阳师范高等专科学校第一任校长，岳阳市洞庭诗社第一任社长。

　　文家驹1912年12月31日出生于湖南醴陵北乡的一个书香门第，五岁即入私塾就读，十二岁以优异成绩考入湖南省立第一中学（今长沙市一中）。1927年马日事变后，十五岁的文家驹在家乡当上了教师，走上了独立生活的道路。1934年进入南京中央大学学习，1938年大学毕业后继续从事教育工作直至1986年离休。文家驹是湖南省第一、二届人大代表，曾兼任岳阳市政协副主席、岳阳洞庭诗社社长等职，是中华诗词学会顾问、中国韵文学会、湖南省作家协会会员。

　　文家驹是一位忠诚的共产主义战士。他热爱祖国，热爱人民，有着追求光明、不畏强横的革命品格。1935年第五次反"围剿"失败，蒋介石血腥屠杀根据地的革命人民，他愤然提笔写下《都门吟》："雨花台上吊黄昏，不见天花见血痕"，"可笑燕王诛十族，千秋正学屹然存"，表达对国民党反动派的深刻仇恨。1939年，他在醴陵县城创办了轰动三湘的《民锋日报》，与重庆《新华日报》和中国新闻社均有联系，常发表进步言论，宣传抗日，呼唤救国救民。抗日战争期间，他写下"红旗大捷平型关"等诗句，热情歌颂打击日本侵略者的胜利，表达了对抗战胜利的信心。解放战争时期，他一方面揭露国民党反动派挑动内战，使得"中原到处起烽烟"；一方面"引颈延安"，"愿将热血荐红旗",表达了当时一名有志青年,向往光明,追求真理,积极拥护中国共产党的政治信仰。1949 年 3 月,文家驹加入了中国共产党,成为醴陵著名进步人士、中共地下党员。在党组织的领导下,做了大量迎接祖国解放的工作。新中国建立后,他潜心教育事业,一直担任学校领导工作,尽管在几次政治运动中,他蒙受过不白之冤,但他始终相信党,相信群众,始终保持热爱人民教育事业的工作热情,抱着"湖上风霜坚侠骨,洛阳亲友鉴冰心"的信念,致力于教育事业,他"壮心未与年俱老","白发举红旗,丹心矢不移",表现了一个共产党员的坚定的政治信仰和执著的革命情怀。

文家驹是一位德高望重的教育家。他从教近七十年,为岳阳乃至湖南教育事业的发展做出了不可磨灭的贡献,是湖南教育界德高望重的老前辈、教育家。他先后在醴陵开明中学、醴陵兰谊中学、岳阳一中、岳阳师范、岳阳师范高等专科学校工作。历任醴陵二中校长、岳阳一中副校长、岳阳师范校长、岳阳师范高等专科学校校长。在旧中国年代,他虽然作为一个自由职业者,但时刻抱着"一息犹存未敢休,拼将'磨血'写春秋"的豪情,在醴陵以兴学育人为报国途径,磨血育人。1939 年,创办开明中学。将校名命名为"开明中学"含意深刻,即"开启资质禀赋,明智达识晓理",学校办学宗旨明确:"以遂育才兴国之志"。虽当时办学经费困难,但每年设有六名清寒子弟免费名额。学校民主气氛浓厚,师生思想活跃,关系融洽,积极宣传抗日救国。他 1942 年在"学潮"中不畏国民党县政府党棍、三青团骨干分子以"共党分子"罪的追杀;1945 年在白色恐怖中不怕砍头,两次重返开明中学,毅然坚守学校教书育人阵地。尤其加入中国共产党后,向学生灌输民主进步思想,引导他们走革命道路,在师生中秘密发展党员,积极开展党的地下活动,组织革命青年、学生、教师与国民党反动派斗争,迎接祖国的解放,成为师生拥戴的革命教师。新中国成立后,他继续投身百废待兴的教育事业。1950 年冬,醴陵县人民政府接管开明中学,次年春,与铁肩中学合并为醴陵县立第二初级中学,文家驹接任第一任校长。1952年文家驹调岳阳,先后担任岳阳一中副校长,岳阳师范校长,岳阳师范专科学校第一任校长等职,直至离休。文家驹在担任学校领导工作近半个世纪里,求真务实,遵循教育规律,培育了一代又一代全面发展的人才;在四十年的师范教育工作生涯中,积累了丰富的经验,为建立新型的师范教育体系,为教育事业的发展培养了一批又一批优秀的人民教师和德才兼备的教育骨干。特别是在担任岳阳师专首任校长期间,正值学校艰难起步之际,百废待兴,他与学校领导一道,组织全校师生大抓教学质量与学校建设,使学校在短期内获得长足发展。"丹心早为人民死,岸芷汀兰看郁郁",他为岳阳师专的发展,乃至岳阳市、湖南省的教育事业贡献了毕生的心血和汗水。

文家驹是一名教书育人的楷模。他一贯尊重教师,思贤如渴;关爱学生,爱生如子。以自己的工资和稿酬收入,资助过不少贫困学生,使他们终成国家栋梁之才。他提倡教育改革,全面发展,因材施教,循循善诱。他十分注重锤炼自身的人格修养,坚持以身示教,以个人的高尚道德情操影响学生以及周边的人。他精通文史,可谓满腹经纶,可从不恃才傲物,自视高明,他为人谦恭,亲善和睦,待人以宽,在学生和教师中具有很强的亲和力。他是一个只讲奉献,不求索取,深受师生敬仰和爱戴的好校长,大家敬称他为"文老"。文老特别重视培养年轻一代,对年轻人才十分器重,同他接触过的人,都会感受得到他惜才之心,"文老笑语如响鞭",这是很多师生对文老爱才惜才的评价。文老教诲学生要勤奋刻苦,切莫虚度光阴,要牢记"韶华不为少年留",他以自己做榜样,自强不息,始终保持革命工作的旺盛精力和热情,以"愚公九十尚移山"来鼓舞自己。他把提升自我品行修养作为为人师表、教书育人的首要要求,告诫自己要"梅花护花应知我,修到冰心彻骨寒"。文家驹家中人口较多,生活清贫,他廉洁自律,两袖清风,不以物喜,不以己悲,淡泊名利,不慕虚荣。他生活中没有任何不良嗜好,"平生嗜好浑忘尽,除却吟诗与买书",

表现了一名人民教育工作者高尚健康的生活情趣。文家驹执著教育事业,把为国家培育人才作为自己最大的快乐,他认为"为人师表乐无穷,一代良师百代功",一生把教书育人,兴学报国作为己任,勉励自己要"鞠躬尽瘁育英才"。他被师生称为良师益友,他的弟子遍三湘,遍天下,。数十年的时间,他用行为践行着一名教师的职业道德规范,用热血丹心谱写着人民教师的师德风范。

文家驹是一位学识渊博的诗人学者。他自小聪敏过人,才华出众,早在少年时期,就能吟诗作对,被称为"才子"、"神童"。他熟读唐诗宋词,对诗词格律研究造诣颇深。曾发表《古典诗词鉴赏》、《论杜诗绝句》等学术论著,参加了《辞源》的编写和再版修订。1980年1月27日,在岳阳市率全国之先成立了第一个诗词社团——洞庭诗社,文家驹被推选为第一任社长。文家驹诗才卓越,诗风承陶范,艺德昭学界。他的《南湖春兴》诗词名作,八处追踪老杜,而能自出机杼。其一云:"谪仙康乐是吾师,着屐寻幽揽胜时。邻郡仰瞻工部冢,隔江遥拜屈原祠。碧波无际飘帆影,红杏枝头认酒旗。薄醉归来吟兴涌,豪情写付芷兰知"。词婉情真,允为佳构。他发表在《洞庭诗选》第三辑卷首的十首论诗绝句,更是远绍工部、遗山,新意迭出。如其七云:"爱诗不作古人囚,创新不学新打油。真情实境供诗笔,芥子须弥任自由。"其八云:"诗分有我无我境,此义难参复启疑。无我境中须有我,浑然无我即无诗。"议论均不随人作计,而能自道其甘苦之言,洵大手笔也。他的《洞庭秋思》七绝十二首,写尽伏枥老马之壮心,绝非无病呻吟之作。文家驹诗才绝高,惜不多作,现在保存下来的诗词约三百余首。他的诗词,往往和时而作,蕴含着丰富的社会内容。青年时代的诗词其中部分是反映思想矛盾和应酬咏物;更多是对外敌入侵和社会黑暗的痛恨与揭露,呼唤救国救民、对革命真理的追求;新中国成立后虽历经坎坷,但信仰坚定,诗词表现出对教育事业的执着;在粉碎"四人帮"后,他的诗词与时代激情一同迸发,写出了很多情文并茂的作品。文家驹的诗词写作始终贯穿"赤子之心"，把个人的悲欢与情感和国家民族的命运紧密联系在一起，具有强烈的自传色彩，可以说，文家驹的诗词作品的创作历程折射着时代的发展历程，也是他不断改造的自我思想，不断磨炼自己的文学修养和道德修养的历程。

文家驹为复兴中华诗词做出了积极贡献，作为洞庭诗社的第一任社长，他为诗社的发展作出了不懈的努力，办刊物，育新人，为古典诗词的振兴鼓与呼，可谓殚精竭力。在他担任社长期间，洞庭诗社成功地举办了第一届中华诗词研讨会，此举在当时赢得了海内外诗人词家的交口称誉。文家驹在办好刊物的同时，还特别注意坚持正确的创作标准。旧体诗词究竟有没有光明的前途？唐宋人已将诗写尽了吗？对于这些问题，文家驹有自己鲜明独到的见解。他发表在《洞庭诗选》创刊号上的重要论文《不薄今人爱古人》，就是具体的答案。该文一出，立即被《诗词》报、《湖湘诗萃》等报刊转载，产生了广泛的影响。洞庭诗社逐渐成为影响力大、知名度高的文学团体，成为"文艺岳家军"的一支有生力量。

2012年12月31日是文家驹诞辰一百周年的纪念日。文家驹的一生满怀着革命的信仰与追求，始终保持着一位共产主义战士坚定的理想信念；饱含着他对教育事业无限的热爱与执著，把教书育人作为自己崇高的职业使命；他潜心于古典诗词艺术的研究与创作，居安资深。一种赤子情怀、一种师者人格、一种学者风骨，一种诗人气质，正所谓斯人已去，风范长存！

二〇一二年七月

上 编

诗 词

　　我从小爱读诗词，也写过一些诗词，我旧体诗写得多些，新诗写得很少。写的多数是组诗，诗兴偶来，顶多一个晚上的时间就写成。我写诗只是一种爱好，只为抒发自己的感情。

——集录作者《自传》语

都门吟①

（一九三五年）

一

无边愁雨细成丝，愁绝江南杜牧之。
忽地破愁还大笑，客囊如洗好贮诗。

二

秋风茅屋赋长歌，每对江涛想渌波。
万事干戈万家哭，莫愁湖畔更愁多。

三

雨花台上吊黄昏②，不见天花见血痕。
可笑燕王诛十族③，千秋正学屹然存④。

---

① 一九三五年余在南京大学读书，写下《都门吟》六首。
② 这首诗主要是：吊念革命烈士，怒斥反动统治者。
③ 燕王诛十族：明代建文帝（朱元璋孙）时，朱元璋四子朱棣封燕王，后借口出兵，攻陷南京，夺取皇位。施暴连累方孝孺十族，一次杀八百七十余人，诛九族是当时最大的牵连。这里的"十族"，包括被诛者学生。
④ 正学：方孝孺，人称正学先生。

四

平地风波说暴徒，忽惊匕首见穷图。
咸阳大索犹宵语，可惜荆轲剑术疏①。

五

石城虎踞大江东，文未能工运已穷。
冠盖京华独憔悴，知音唯有六朝松②。

六

典尽寒衣卖尽书，秋来顾影更清癯。
知贫鲍叔君无让，江左夷吾我不如③。

---

① 一九三五年十一月一日，国民党四届六中全会，汪精卫被刺未死。本系国民党内讧，而汪乃亲日汉奸，国人皆曰可杀，恨其未死。

② 南京中央大学院内有一颗六朝松。

③ 白门漂泊，遭际困穷，典衣卖书，饔飧莫继。攸县夏甸民同学，读我诗，誉为国士，为赎寒衣，小诗以谢。

满城风雨近重阳

（一九三五年）

满城风雨，节近重阳。卧病都门，思亲感世。用潘大临"满城风雨近重阳"句，成辘轳体七律五章。

一

满城风雨近重阳，衡岳层云阻雁行。
五柳庐边陶令菊，百花潭上杜陵觞。
孟嘉落帽传佳话，摩诘思亲客异乡。
韵事早随流水去，新编乐府倍凄凉。

二

秋尽吴淞匝地凉，满城风雨近重阳。
秦淮商女忧亡国，宫掖椒亲骨媚洋。
东去大江朝海若，西来小鬼胜阎王。
金陵王气因何黯，只为横行有虎狼。

三

白门秋柳叹渔洋，红叶如花小杜狂。

一卧沧江惊岁晚，满城风雨近重阳。

虫蝕凄切欧公赋，草木凋零宋玉伤。

独爱稼轩豪气旺，点兵破阵莅沙场。

四

朱雀桥边野草黄，乌衣燕子话荒凉。

偏安自古称江左，正统而今属霸王。

半壁江山沦异族，满城风雨近重阳。

莫愁湖上多愁月，照彻三吴万里霜。

五

都门有客吊兴亡，虎踞龙蟠镇大江。

二主词章太哀艳，六朝人物半荒唐。

桃花扇底歌声惨，钟鼓楼前角斗忙。

志士哭陵空许国①，满城风雨近重阳。

---

① 国民党中之爱国人士，不满政府卖国投降，多有上中山陵哭诉者。

矛 盾①

（一九三五年）

因为我过于骄傲，过于孤高，
在人生的大海中到处触礁，
但我却以此自豪。

因为我过于钟情，过于任性，
不能适应那龌龊的环境，
但我毫不反省。

因为我过于多疑，过于敏感，
往往误会朋友的友情，
但总爱胡思乱想。

因为我过于颓唐，过于消极，
学问事功，没有一些儿成绩，
但总空嚷着努力。

---

① 一九三五年在南京大学就读，无力维持生活和学费，典尽寒衣卖尽书，形影消瘦，精神痛苦，写下这首《矛盾》。

也想葬身江涛，步屈均灵的后尘，
也想披起袈裟，做一个流浪的诗僧。
也想长为农夫以没世，
也想投笔而从戎。

真理不能放弃，
梦境也要追寻。
情感不能抑制，
理智也要扩充。

今日的矛，
攻昨日的盾。
一会儿消沉，
一会儿兴奋。

读史绝句

（一九三六年）

孔　明

茅庐三顾鼎三争，万古云霄有大名。
毕竟一筹输水镜，在山泉比出山清。

关　羽

义勇争夸并世无，避锋魏武议迁都。
可怜头断吴侬手，刚愎由来是匹夫。

岳　飞

朱仙一战震黄龙，十二金牌废大功。
铁铸佞臣民愤在，杀人首犯是高宗。

文　天　祥

千秋忠烈仰家风，慷慨长吟剑化龙。
一点丹心存正气，成仁取义自从容。

石 敬 瑭①

怒气如虹贯斗牛，一朝铸错祸千秋。
只因要做儿皇帝，拱让燕云十六州②。

戚 继 光

谁挽强弓镇海疆，苍龙凶焰胜天狼。
江东将帅多如鲫，若个无惭戚继光？

---

① 一九三五年七月，痛恨《何梅协定》签订，丧权辱国之无耻，书此寄愤。
② 燕云十六州，今河北一带。

无 题

（一九三六年）

不尽相思不尽愁，但凭文字写温柔①。

何时得遂平生愿，夜月西湖共泛舟。

---

① 一九三六年上半年，在津市认识了岳父朱渭春，那时他的大儿子在津市德士古油行工作。岳父母对余很称道，知余死了未婚妻，总说要把一女嫁余。他家住长沙东学巷，下半年回长沙，要余常去他家，便和他家女儿朱镕聪恋爱结婚。冬季过着"勋业文章皆第二，世间第一是温柔"的新婚生活。

题结婚照片集①

（一九三六年）

三生花草梦苏州，红是相思绿是愁。
今日不抛闲涕泪，此身孤注掷温柔。

---

① 集古诗自题结婚照片。

西安事变

（一九三六年）

晴天霹雳震咸阳，愤慨三军困霸王。
枉有六亲归不得，从无一语慰流亡。
十年战伐伤元气，万里河山让异邦。
枪口奈何偏对内？平倭不许上沙场！

卢沟桥事变

（一九三七年）

卢沟炮响五洲惊，誓与倭奴决死生。
四万万人齐怒吼，排山倒海撼东京。

南京失陷^①

（一九三七年）

慷慨陈词报国恩，誓将热血洒都门。
谁知敌骑摧城内，雀战方酣酒正温。

① 唐生智守南京，誓与城共存亡，而日寇陷城之际，唐尚酣饮作竹城战云。或曰：守城部队，均为蒋之嫡系，早受乱命，唐无权指挥，亦有难言之隐。是耶？非耶？其信然耶？鲁迅有两句话，说得明快透彻："大家都是好东西"，"强盗装正经，各自想拳经。"国民党之抗日，如此而已，又岂止抗日而已。

平型关大捷

（一九三七年）

红旗大捷平型关，举国风传尽笑颜。
一战功高旋大局，人心振奋敌心寒。

从 军 别

（一九三八年）

从军寄内，约同去延安，被阻于汉口。

一

惨观东南倾大厦，喜闻西北有高楼。
与君并展摩天翼，飞入高楼便自由。

二

扬鞭跃马又从戎，北望中原气似虹。
不写杜陵三别怨，倚声高唱满江红。

三

收拾诗书砺宝刀，心头热血浪头高。
拼将四亿炎黄血，富士山如败叶漂。

四

匈奴未灭已成家，小令常填蝶恋花。
顿悟双修真福慧，沙场并骑斩长蛇。

五

最爱灵均琬琰章，灯前曾共读琅琅。
此行若幸沙场死，莫诵招魂诵国殇。

绝句代柬

（一九三八年）

一

迩来何事最心酸，胡马长驱入汉关。
宗泽岳飞皆去位，将军若个是严颜？

二

君问何时可灭倭，无言相告恨偏多。
庙堂君相咸亲敌，不主投降便主和。

三

将士挥戈能反日，君王煮豆要燃萁。
江河两岸听心愿，遍插红旗胜可期。

金缕曲·家书①

（一九三八年）

六妹②平安否？忆当年、渌江晚眺，柳阴携手。别后心期和梦杳，乐少愁多病久。更沈约、梦迷归路。无限相思无处诉，念人生，到此真凄楚。千万恨，为君剖。

怜侬负尽亲师友。掷韶华、深恩未报，怎能辞咎？诗笔偶拈无绮语，不合时宜满肚。最愤慨、江山如旧。北望中原沦异族，亟难期、痛饮黄龙酒。言不尽，林③顿首。

---

① 作者失学失业，离家出走，在外流浪求职，思念亲人。——编者注
② 六妹：作者爱人朱镕聪，在朱家姐妹中排行第六，兄长称其六妹。
③ 林：作者小名叫若林，是文家兄弟中老大，弟妹均称林哥。

长沙大火

（一九三八年十一月十三日）

三月咸阳读史嗟，今宵亲见毁长沙。
将军抗战多良策，一炬成灰十万家。

台儿庄会战获胜

（一九三八年）

　　台儿庄之战，系李宗仁所指挥，既合围，程潜亦到前线，李往车站迎接，笑谓程曰："人家说马到成功，今天老将军是车到成功。"一时传为佳话。

　　　　狂叫雄狮世无敌，台儿庄畔被围歼。
　　　　将军车到成功日，快语豪情忆昔年。

瓶梅四绝柬劲秋索和

（一九三九年）

　　内子以胆瓶供腊梅数枝，沁香可嚼，对之吟足下佳句，清绝不让梅花。和歆成瓶梅四绝，语绮笔弱，砖投玉报，梅花当证此文字因缘也。

一

江南重到惨芳魂，司马英灵泣国门。
且向书斋访知己，暗香疏影伴黄昏。

二

虬松苦竹并称雄，春在琼楼玉宇中。
如问几生修到此？一身傲骨似蟠龙。

三

不同柳絮滞天涯，不作夭桃薄命嗟。
清至梅花才算绝，玉为魂魄雪为家。

四

高风亮节是吾师，静对芳标欲语时。
细嚼寒香清入骨，重呵冻笔写新诗。

读《楞严经》

（一九四〇年）

　　读《楞严经》，喜"纯想欲飞，纯情欲堕"二语，成一偈，有讥余为寄道心于尘心者。余应之曰："尘心道心本一体，离尘说道归空寂。空寂之道玄又玄，祸国戕身吾不取。"

纯想欲飞，纯情欲堕。
汝其欲飞？汝抑欲堕？
飞既不能，堕尤不可。
遏此纯想，制此纯情。
抗战救国，好学力行。

百团大战

（一九四〇年）

百团大战规模大，主动进攻威力雄。
痛挫狂胡数千里，狼奔豕突泣途穷。

读史绝句

（一九四一年）

刘　邦

刘三本是穷无赖，一变胡然汉祖名。
杀尽功勋思猛士，更分烹父一杯羹。

刘　秀

刘邦刀剑诛诸将，刘秀羁縻广爵封。
宋释兵权法刘秀，明僧残酷胜邦凶。

曹　操

用兵仿佛孙吴妙，治世能臣乱世奸。
宁我负人毋负我，斯言难恕罪如山。

刘　备

得相果能争鼎足，征吴晏驾永安宫。
君才十倍心声谲，临死枭雄忌卧龙。

孙　权

生子当如孙仲谋，东南坐断敌曹刘。
儿孙竟不如豚犬，终见降幡出石头。

刘　禅

事师事父事高贤，相业戎机付一肩。
若论君臣似鱼水，孔明知己是刘禅。

诸　葛　亮

茅庐三顾鼎三争，万古云霄有大名。
毕竟一筹输水镜，在山泉比出山清。

关　羽

义勇争夸并世无，避锋魏武议迁都。
可怜头断吴侬手，刚愎由来是匹夫。

书　愤

（一九四二年）

　　壬午之秋，醴陵三青团欲篡夺开明中学，谓余与罗才刚皆"异党分子"，列入黑名单，制造学潮，阴谋狙击，迫余与罗君间道化妆离校。

一

秋风萧瑟雨凄其，弦诵声中隐杀机①。
冷对刀丛还自誓，愿将热血荐红旗。

二

反日何辜逐鲁阳，向夫入狱唱流亡②。
我今更触当朝忌，敢抉龙鳞犯虎狼。

───────────

　　① 弦诵：读书声。
　　② 一九四〇年上学期中共党组织派鲁阳来校任教，在师生中宣传抗日，被国民党反动派逼走。一九四一年端午，老师向夫被捕，罪状之一为爱唱流亡曲。

三

月落乌啼犬吠门，化妆问道过荒村。
三青团内多枭獍，北望中原有泪痕。

四

分明萧艾冒椒兰，惯陷忠良作异端。
颠倒是非忘国难，敌人称快我心寒。

五

人何寥落鬼何多，人恸危亡鬼唱歌。
不怕人间多鬼蜮，要留肝胆照汾河①。

六

党人碑上姓名标②，地狱何妨走一遭。
安得化身孙大圣，阎罗簿籍尽勾销。

---

① 汾河：醴陵泗汾河，水名。
② 时余尚未入党，而友人及学生均以为余为共产党员。

七

秦庭不屈慕相如，左祖从余效髯苏①。
自愧无光是鱼目，何期有幸作明珠。

八

岸然道貌称长者，剥去画皮现原身。
狰狞厉鬼凶残极，论品不如真小人②。

九

同学少年多正义，频传书柬慰寒温③。
自惭我是黄眉佛，误使高僧礼业尊④。

十

仙佛妖魔各一天，群魔乱舞影蹁跹。
韦陀假我降魔杵⑤，涤荡妖气愿益坚。

---

① 余既脱险入城，三青团约余谈话，慨然赴之，未为所屈。
② 在此次学潮中，最令人愤慨的是校董事会中的朱某，平时俨然以维护学校之长者面目出现，此次则主力文、罗二人离校，真小人之尤者也。
③ 余离校后，学生纷纷致函慰问。
④ 《西游记》载佛祖坐下黄眉童子幻为如来，在小雷音寺使玄奘误为礼拜。
⑤ 假：借。

重午前夕有感

（一九四三年）

驹性好诗而不能诗，频年俗务沉浮，此调益疏矣。昨夜感怀触绪，不能成寐，灯下成五绝句。晨起读之，了无诗意，自感根钝，难证妙觉，聊参野狐禅以自遣耳。追踪漱玉，爰赓二十八字，敢以相勉，砖投玉报，是所望也。

一

非关惜别亦销魂，孤枕青衫有泪痕。
日月争光怀屈子，百年心事与谁论？

二

绿江画舫汨罗涛，长夜愁吟膝自摇。
顾影有谁怜不寐，风萧萧更雨潇潇。

三

病中纤指剥枇杷，试药驱蚊夜煮茶。
回首十年前此夕，啼痕红似石榴花①。

四

太息神州漫战尘，汨罗湘水泣孤臣。
文章自是千秋业，今古风骚属楚人。

五

慷慨文山我不如，更惭未读五车书。
屏除丝竹忘哀乐，不学嵇康学蠹鱼。

六

此调荒疏久不弹，自知无分列诗坛。
君才浩瀚如秋水，合是当今李易安。

① 父母包办之少年未婚妻殷希铭去世十周年所忆。

避　地

（一九四四年）

一

弦歌忽辍卷狼烟，避地仓皇倍怆然。
石径山花红似火，云岩古木绿参天。
开门野老争留客，入洞渔人待访贤。
尘世衣冠半禽兽，桃源鸡犬亦神仙。

二

莫道桃源少战痕，洞前胡马亦狂喧。
山深泉涧蠹蛇扰，秋老星河日月昏。
愧我无聊事樵牧，问人何术挽乾坤？
长吟不尽华夷感，虎啸枭鸣独掩门。

自嘲　绝句八首

（一九四五年）

乙酉夏正，积雪数尺，胡马长嘶，山居愁咏。王名伟、巫雪敖二君，忽彻夜踏雪至余家，谓墨吏豪强，集于云岩寺，迫王名伟校长交出开明中学校印，君力争不屈，终以所组之新董事会未经备案，选出校长无效，为文某用亡灵所制，奸谋不逞，恨余入骨。邑中豪猾与三青团骨干份子邑宰陈鲲密谋以共产党人罪杀余。缇骑已出，飞奔告警，双亲落泪，弟妹仓皇。余始闻悚惧，旋亦惊定，永蛇质毒，黔驴技穷，英灵既挫凶横，小计应防鬼蜮，龙潜豹隐，暂避其噬，笔陈词锋，便乘其隙，我命系我，仇将奈何？所恸者遁隐之地，实一魔窟，余目何眇，认恶煞作菩提，不慎出处，有玷君子，湟虽不缁，璧难掩瑕，急流勇退，归去来兮。

一

胡马声中岁序新，示儿书愤带愁吟。
故人雪夜来传警："墨吏豪强要杀君。"

二

豪强底事动刀兵，篡夺开明计未成。
引得群蛙齐鼓噪，运筹决策恨书生①。

三

一着棋输未正名，老羞成怒杀机生。
鳌龙竟被亡灵制②，谈笑如春可压惊。

四

双亲闻警泪交流，受命于天幸勿愁。
我不负天尤自信，避仇制敌有深谋。

五

不灭倭奴恨不消，男儿性命岂轻抛？
魔高一尺道一丈，留取丹心胆气豪。

---

① 吾再度入创办之开明中学后，以"奸党罪"1945 年第二次迫走。
② 前年，新任开明中学董事长，余知其有篡夺企图，未报教育厅备案，上报
董事长仍为死亡之文牧希。

六

鬼使勾魂奈我何！敢凭法力斗阎罗。
家传正气驱神鬼，更有风雷国际歌。

七

姓名早上党人碑，死里逃生又一回。
自恨孤禅非正觉，拈花何日礼如来？

八

不悟真如姓易迷，误将厉鬼当菩提。
要从出处观君子，漫道清莲不染泥。

喜闻日寇投降

（一九四五年）

倭奴献表已投降，四亿炎黄喜欲狂。
鼓角连营歌破虏，流亡相计整归装。
将军百战声名裂，智士三思感慨长。
但愿劫馀风物好，愁云净扫沐朝阳。

沁园春·敬和毛主席咏雪原韵

（一九四五年）

报载毛主席沁园春咏雪词，郭沫若、柳亚子诸公皆有和作，余亦次韵敬和，侏儒学步，徒见蹒跚，聊抒向往之忱，工拙非所计也。

突起异军，万里长征，红旗飘飘。似连天芳草，芊芊郁郁；大河激浪，滚滚滔滔。救国危亡，拯民水火，功盖禹汤尧舜高。齐歌颂，看人欢物笑，水丽山娆。　　文章慷慨还娇，使千古词坛尽折腰。掩李杜雄奇，苏辛豪放，史公绝唱，屈子离骚。光射斗牛，力歼魔怪，笔拥风雷鄙篆雕。虔仰止，谨心香一瓣，暮暮朝朝。

书毛主席诗词扉页

（一九四五年）

千古词人尽折腰，秦皇汉武逊风骚。
词宗诗圣皆涓滴，海比汪洋天比高。

乙酉秋日杂诗寄骏弟晃县^①

（一九四五年）

一

秋来何处不魂消？瘦影伶俜倍寂寥。
一卷离骚和泪读，隔窗凉雨打芭蕉。

二

独立桥头看晚山，归鸦数点夕阳残。
诗心澹远何人会，流水无言山自闲。

三

秋窗风雨不成眠，静对孤灯寂似禅。
禅味不如诗味好，晚唐绝句爱樊川。

---

① 骏弟：余之二弟文家骏。

四

劫后田园半寂落，荒烟哀草冢累累。
秋风九月寒霜重，万户衣裳未剪裁。

五

才喜平夷奏凯歌，忽惊同室又操戈。
沙场未掩征人骨，四海疮痍涕泪多。

六

悲君万里作飘流，容易秋风动客愁。
知否高堂添白发？倚门日日望桥头。

丙戌春日感怀

（一九四六年）

一

频年踪迹类征鸿，春去春来只梦中。
芳草又从阶际绿，好花偏向劫馀红。
书经离乱多残本，诗爱推敲费苦工。
莫道客窗情趣减，倚声犹唱大江东。

二

窃国者侯爱国诛，是非颠倒掩瑕瑜。
室无余栗陶公乞，野有哀鸿郑侠图。
不信独夫能治国，可堪群鬼滥吹竽。
神州遍地多豺虎，安得龙泉一一除！

三

卷帘风送杜鹃声，检点春光暗自惊。
照眼好花疑是梦，在山泉水果然清。
屏除丝竹忘哀乐，枕胙图书寄性情。
历尽艰辛悟诗道，襟怀意境慕渊明。

春　柳

（一九四六年）

一

江南芳草马蹄骄，烟镇秦淮旧板桥。
残月晓风词客梦，画楼银烛女郎腰。
树犹如此惊憔悴，人比当年叹寂寥。
落魄江湖狂杜牧，扬州回首可怜宵。

二

风前婀娜拂秋千，魂魄依稀欲化烟。
花市黄昏诬永叔，妙龄红板妒屯田。
低飞燕尾波双剪，新画蛾眉月一弦。
嫁得虎头春易老，登楼偶眺恨绵绵。

三

洗尽胭脂花似雪，别饶情致叶如兰。
西湖有浪禽声好，关外无春笛韵寒。
微雨笼烟枝嫋嫋，残更舞月影姗姗。
将军霸上何雄武，校射归来系宝鞍。

四

阳光客舍黯销魂，别恨无端到酒尊。
双桨碧波桃叶渡，一鞭红雨杏花村。
隋堤旖旎空陈迹，洛浦风流旧梦痕。
独爱陶家三径好，依依五树掩柴门。

菩萨蛮·仿稼轩题造口壁并用其韵

（一九四七年）

渌江桥下清清水①，中间多少工农泪。西北望延安，奈何无数山。　　千山遮不住，心梦交驰去。心梦枉劳予，何堪听鹧鸪。

① 渌江，在湖南醴陵，渌江桥畔的状元洲是反革命屠杀革命烈士的刑场。

赠湘东中学校庆十周年①

（一九四七年）

黉宫先哲旧祠堂，树木树人有主张。

万事干戈乐弦诵，十年兰芷浸芬芳。

独夫自古多枭獍，当道于今尽虎狼。

成俗化民端在学，相期共予挽危亡。

---

① 湘东中学是醴陵当时唯一有高中之学校，校长张伯兰毕业于北大，人尚开明，而教师中之肖项平、杨伯俊诸君子则系老党员、老教授，实抗日救国之志士，对学子教育有方，故学校颇有成绩。校址为朱子祠旧地，首句及之。

柬 树 科

（一九四七年）

沦陷中，豪强墨吏，欲篡夺开明，置余于死地，斗争激烈，树科实有力焉，近与王名伟等被逼离校，牢骚满腹，诗以解之。

一

大夫复越多奇计，鸟尽弓藏百世哀。
一语慰君还自慰，不遭人忌是庸才。

二

忆曾座右书禅语：佛说原来怨是亲。
妙乘知君早参透，与人无爱亦无瞋。

戊子元旦感怀用鲁迅春夜原韵

（一九四七年）

一

又当除旧布新时，揽镜频添两鬓丝。

狐鬼当朝轻社稷，虎狼入室耀旌旗。

纵令文字能成狱，欲吐精诚敢赋诗。

吟罢仰天长太息，幼儿偏唤看新衣。

二

书生报国叹徒然，依样葫芦卅七年。

小镇几家闻爆竹，中原到处起烽烟。

众生疾苦皆罹劫，我亦烦忧敢遁禅。

引领延安求正觉，狂涛好棹大悲船。

大 选①

（一九四八年）

大选功成最称心，万民强笑颂皇仁。
前贤妙句宜相赠，不爱江山爱美人。②

---

① 一九四八年三月二十九日至五月一日，国民党反动派由美国导演在南京召开伪"国民大会"，选举蒋介石为总统，李宗仁为副总统。国事至此，夫复何言！

② 孔尚仁作桃花扇传奇，一时题咏者颇多。陈于王题绝句云："玉树歌残迹已陈，南朝宫殿柳条新。福王少小风流惯，不爱江山爱美人。"盖有讥福王监国唯事荒淫也。《大选》作于伪国大选举时，美人句乃借用，既揭露"四大家庭"之荒淫，更怒斥其卖身投靠美帝国主义之罪行，语意双关，或能博读者一粲乎！

花品十首

（一九四九年）

牡　丹

花国称王霸，趋炎万口夸。
唯余薄富贵，不爱牡丹花。

莲　花

清莲性通禅，本是大觉悟。
理学一沾边，便成伪君子。

菊　花

黄花斗严霜，岂畏西风侮？
不受隐士封，嘉名锡战士。

梅　花

夺得春光转，东风第一枝。
英姿斗冰雪，大勇是吾师。

杏　花

昨宵微雨润，今日杏花娇。
春意枝头闹，酒帘村店飘。

幽　兰

幽兰有奇香，深居在空谷。
为何入朱门，逐臭并酒肉？

棉　花

农民种棉花，富室穿棉袄。
搔首问苍穹，天理何颠倒？

杜　鹃

望帝春心托，文山壮志穷。
如非烈士血，焉得万山红？

山　茶

山茶有高标，香清质洁白。
多士爱妖娆，书生重本色。

桃　李

人爱李花白，我爱桃花红。
白色成恐怖，红旗唱大风。

清平乐·东风压倒西风十首

（一九五八年）

毛主席"东风压倒西风"的名言，不仅是当前国际形势的英明论断，也是我国和世界革命历史的经验总结，爰取近百年世界大事，成清平乐十首，题曰东风压倒西风。

百年痛史

人间何世？尽是伤心事。织女无衣耕失地，本末胡为倒置？　　更堪战伐交攻，杀人血染江红。一片愁云惨雾，百年不见东风。

十月革命

地球一角，革命推先觉。阶级铲除无剥削，喜见大同康乐。　　千秋伟绩丰功，政权今属工农。一响巨雷惊蛰，吹来解冻东风。

中苏抗战胜利

壮怀激烈，狂虏何时灭？寸寸河山流热血，肯让金瓯残缺？　　希魔好梦成空，岛夷日暮途穷。喜听中苏奏凯，东风压倒西风。

中国解放

驱狼进虎，认贼作慈父。祸国殃民绝今古，擢发罪行难数。　　星星火已熊熊，雄师直下江东。今日人民天下，东风压倒西风。

抗美援朝

情深意厚，唇齿相依久。忽报德邻来恶寇，六亿人民怒吼。　　跨过鸭绿江东，中朝儿女英雄。万里纵横扫荡，东风压倒西风。

万隆会议

人民世纪，历史从头记。此日亚非非昔比，何物殖民主义？　　当年权掌白宫，今朝决策万隆。原则全球拥护，东风压倒西风。

匈牙利事变

阴风乍起，水皱匈牙利。梦里胡天复胡帝，又可横行无忌。　　万年矫矫长松，蚍蜉撼树无功。劲节经霜益固，东风压倒西风。

埃及收复苏伊士

重洋咫尺，捷径苏伊士。卧榻岂容人窃踞？誓洗伤心痛史。　　尼罗河畔英雄，横磨剑气如虹。英法抱头鼠窜，东风压倒西风。

苏联卫星上天

科研竞赛，制度看成败。优劣后先人憎爱，谁是金身不坏？　　红星炳耀长空，万邦欢乐推崇。底事白宫沮丧，东风压倒西风。

莫斯科会议

频催战鼓，魔怪翩跹舞。自有神威能伏虎，谁敢穷兵黩武？　　宣言响彻洪钟，和平力量无穷。但看人心向背，东风压倒西风。

浣溪沙·修京广复线

（一九五八年）

　　莫道鸡鸣夜未央，雄师早集点兵场。月明红树有微霜。

　　今日抢修双轨道，明年飞运万车钢。长江天堑变康庄。

绝句四首

（一九五八年）

金鸡山炼铁，岳阳师范最先出铁，喜赋一律。

灯火辉煌昼不殊，金鸡炼铁起鸿图。
岳师干劲如龙虎，夺得红旗第一炉。

炼钢又捷

炼铁金鸡首建功，钢花又映火花红。
神州到处皆钢铁，纸虎凶狼慑巨龙。

师生奋斗制水泥

曾向专家问水泥，重重困难莫轻提。
而今不要专家问，制出高标胜泰西。

人民公社

巴黎公社创新史，革命工农掌政权。
世界大同今指顾，人民公社是梯缘。

辛丑冬日杂诗柬剔芜索和^①

（一九六一年）

剔芜性耽吟咏，学有根基。诗继三唐，效义山之严整；词宗两宋，承淮海之清新。执教之余，积稿成帙。余则幼嗜风骚，未窥堂奥。春蚕自缚，秋鹤同孤。敝帚不珍，覆瓿何惜？中年以后，沐时代之熏陶；此调不弹，置格律于荒落。自审尘心未净，恐碍清修；尤虞谬种流传，于焉守拙。迩者春风席卷，有木皆荣；秋草天怜，经霜复茂。芃芃械朴，咸欣雨露之滋；郁郁芷兰，式睹湖湘之盛。于是剔芜载歌载颂，篇什盈囊；唯余亦唱亦酬，侏儒学步。寒宵漏永，烛影摇红；浮想联翩，东方既白。窃谓诗关学力，破万卷而有神；言乃心声，指九天以为正。风格卑高，系乎人品；音韵清浊，端在神工。相其矢志红专，养文山之正气；庶可攀宗骚雅，绍屈子之遗风。岁暮九寒，诗成七绝。投君木李，报我瑶华！

一

经年块垒已全消，浊酒清词慰寂寥。
案供梅花春意盎，挑灯静对读离骚。

---

① 剔芜：即秦振铎先生。原岳阳师范语文教师，后任岳阳市一中语文特级教师，诗人。洞庭诗社首任副社长。——编者注

二

忆昔饥寒动地哀，只今歌舞笑颜开。
寒潮未到江南岸，万户寒衣早剪裁。

三

淡泊南阳有卧龙，驰驱感激矢孤忠。
天涯海角春风暖，引得巢由乐事功。

四

诗律精严爱义山，幽情孤诣会心艰。
郑笺不作遗山叹，象外环中我自娴。

五

红板芳龄唱晓风，铜琶铁绰大江东。
论词偏爱花间好，婉约清新是正宗。

六

诗格清刚逼盛唐，迩来词笔又恢张。
渊源上溯秦淮海，小令吟成字字香。

七

寒宵诗兴不思眠，险韵推敲若坐禅。
一笑拈花参妙觉，新成绝句似樊川。

八

录号指南思故国，诗宗老杜有新姿。
文山正气惊天地，留取丹心是我师。

九

万卷藏胸笔有神，欲抛心力作词人。
士先器识期同勉，改造功深诗自醇。

减字木兰花·甄别①

（一九六一年）

素心三五，绿螳红炉倾肺腑。烈火真金，不负镕陶改造深。　　汉文霖澍，久屈长沙怜贾傅。万好千强，今日微霜尽转阳。

---

① 一九五九年下学期"三反运动"中遭迫害，受冤枉，一九六一年下期，甄别平反，沉冤尽洗，大快人心，写下了这首词。

菩萨蛮·和王昆仑韵三首

（一九六一年）

一九六一年除夕，为余四十九岁初度。小妹镕垫，治酒为寿，祝余丹心白发，年老诗清。余受时代熏陶，愧对人民毫无贡献，五十知非，坚贞补过，宁敢作夕阳秋草之叹？明日为六二年元旦，与剔芜①镕垫②同读《光明日报》王昆仑《菩萨蛮》词。二人强余和韵。词律久疏，勉成三调。用示镕垫，并奉剔芜。

一

每逢初度添愁绪，壮怀几化灰飞去。今日莫徘徊，纯情慧剑挥。　　心潮如浪聚，一点还堪取。白发举红旗，丹心矢不移。

二

惊人岁月如流速，百年已半悲仓促。前路感茫茫，从今自坦长。　　人生多曲处，曲处饶艰阻。艰阻不颓唐，奔腾入海洋。

---

① 剔芜：秦振铎老师。当时岳阳师范语文教师，诗人。——编者注
② 镕垫：朱镕垫，醴陵四中语文教师，作者妻妹。在朱家姊妹排行最小，称小妹。

三

风风雨雨频年度，冰心一片经寒暑。铁骨耐严霜，霜严骨益香。　　梅花春酿熟，小妹殷勤祝。莫道近昏黄，晚晴得意忙。

戏作一剪梅一首

（一九六二年）

　　有人说：十几岁的神童，二十几岁的才子，三十四十是庸人，五十六十老而不死。我五十岁了，不彻底改造世界观，就难免老而不死之诮。

　　少小清狂似杏花，自赏风华，自诩才华。青年漂泊似梨花，风雨横斜，落拓天涯。　　哀乐中年似菊花，奋斗堪夸，孤傲堪嗟。老来修得到梅花，红要无差，专要名家。

赠傅冠华同学（集句）①

（一九六二年）

生逢圣代复何求，俯首甘为孺子牛。
此别乃须多努力，韶华不为少年留。

五十初度感怀寄故乡亲友

（一九六二年）

一

酒阑霜重夜无声，检点干支暗自惊。
一叶扁舟辞渌水①，十年师席老江城②。
丹心早为人民死，白髪新从两鬓生。
岸芷汀兰看郁郁，业余诗赋最关情。

二

学问无成事业荒，岂容垂老转颓唐？
聪明悔被因循误，宠辱差能淡泊忘。
收拾尘心耽典籍，拼将热血洒刀枪。
未来一万八千日，奔赴人间好战场。

① 渌水：醴陵市渌江，指当时醴陵县二中。
② 老江城：指久住和工作的地方，岳阳市、岳阳师范。

三

半生已向糊涂老，夕死犹期改造深。
湖上风霜坚侠骨，洛阳亲友鉴冰心。
残年补过唯勤学，长寿真诠在惜阴。
家世文山传正气，几回慷慨作龙吟。

四

亦狂亦梦忆童顽，管乐欧苏只等闲。
一自客观多变幻，始知世事有艰难。
空惭国士无双誉，实践人生第一关。
五十休云老将至，愚公九十尚移山。

五

故园风物最堪夸，一水回环绕碧纱。
北海羡君常有酒，西山责我久离家。
不虞松菊荒三径，但愿图书尽五车。
踏雪毋忘湖上约，岳阳楼畔赏梅花。

生日书怀

（一九六二年）

意有未尽，春节在望，再成十绝。

一

北风卷地遍哀声，冻骨何人问姓名。
今日风声挟欢颂，北风来自北京城。

二

燃萁煮豆媚仇雠，浩荡洪波涌逆流。
离举红旗护真理，列宁薪火旺神州。

三

周郎范相今安在？淘尽英雄听水声。
终古大江流日夜，狂涛砥柱是奇英。

四

满天星斗正阑干，起舞闻鸡斥异端。
独爱梅花真战友，早知春讯不知寒。

五

入市裁衣却买书，老妻嗔我是迂儒。
回眸笑顾垂髫女，尔解阿爹乐事无？

六

安危宠辱早屏除，底事冬来意不舒？
老母北堂长卧病①，惠连南海久无书②。

七

二十二史赵瓯北，九千首诗陆剑南。
读史论诗具法眼，延安讲话不时参。

八

镜中双鬓渐成丝，五十知非敢谓迟？
疏懒嵇康高弟子，另投陶侃惜阴师。

---

① 北堂：居住在醴陵家乡的老母亲。
② 南海：海南岛尖峰岭中国热带林科所，弟家骥工作单位。

九

九天风雪漫无涯，独有幽芳颂岁华。
力挽春光战风雪，百花先进数梅花。

十

岁暮豪情欲赋诗，雪深炉烬渐难支。
驱寒不用陶公酒，鲁迅文章主席词。

和袁静一七律一首①

（一九六三年）

　　新年到岳阳一中，在教工刊物上读袁静一七律。爱其"瘦影不临清水照，壮心还逐浪涛翻"一联。归途用禅语和韵成一律。本写思想改造，然终堕野狐禅矣。

　　　　早读楞严侍佛坛，六尘难净孽缘繁。
　　　　慈航苦海终能渡，慧业灵山亦许攀。
　　　　忍死春蚕毋自缚，余生贝叶矢勤翻。
　　　　梅花护法应知我，修到冰心彻骨寒。

---

　　①　袁静一，原岳阳一中语文教师。作家、诗人。——编者注

谒韶山（旧作）①

（一九六三年）

楚狂垂老气弥雄，范水模山兴正浓。
不上泰山观日出，韶山日比泰山红。

① 一九六三年到韶山参观书旧作一首。

又七古一首①

（一九六三年）

世间屈指数高峰，珠穆朗玛数第一。

珠穆朗玛比韶山，小麓戋戋一沙粒。

珠穆朗玛高万米，韶山之高天难比。

珠穆朗玛冰雪封，韶山四季皆春风。

韶山文光射牛斗，韶山剑气斩昆仑。

韶山真理传天下，天下工农斗志雄。

一自韶山红日出，寰球高唱东方红。

---

① 一九六三年到韶山参观作七古一首。

一九六三年校庆（岳阳师范）

（一九六三年）

气象湖山喜万千，东风浩荡百花妍。

青春壮志追前哲，白发豪情胜少年。

十载芷兰滋雨露，百城坟典乐红专。

敢云衰朽伤迟暮？愿把吟鞭作教鞭。

题画赠浏阳一中词二首①

（一九六三年）

望江南

浏阳好，汀岸芷兰多。最是锦鳞鲲化速，龙门万丈已飞过。振翮向天河。

卜算子

红旗浏水飘，红艳枝头俏。一夜东风万树花，点染春光好。　　好在不争春，共把春来闹。万紫千红总为春，惹得春风笑。

---

① 赴湘潭地区参加中学校长会议，在浏阳一中，代表会议全体同志题词。

赠刘孚光五绝[①]

（一九六三年）

一

写生妙笔继南田，点染寒山学辋川。
一自东风扫烟雨，洞庭秋水写粮船。

二

模山范水访工农，实践功深技益工。
最是星沙开画展，万人空巷赏丹枫。

三

南北宗风并擅长，淡妆浓抹总成章。
老来画笔弥刚健，醉写梅花带酒香。

---

① 刘孚光先生，东粤人，工国画。为岳阳师范学校教师中年事最高者，待人接物，有长者风。新中国成立后思想画艺并臻精进。作品《湖上粮船》、《金秋丹枫》曾获数奖。一九六三年冬，回粤欢度春节，临行画梅花一帧赠余，并索拙诗，奉呈五绝。

四

神州今日画题多，画里依稀听颂歌。
白发辛勤传绝艺，座中高弟有维摩。

五

东粤画师寓洞庭，岁寒乘兴返家林。
潇湘水与珠江水，画意诗情湖海深。

为醴陵四中办《学习雷锋特刊》索诗而作

（一九六四年）

一

雷锋真英雄，全国学雷锋。
怎样能学到？一心只为公。

二

雷锋为人民，完全又彻底。
专门利他人，毫不想自己。

三

生比泰山高，死比泰山重。
如何臻此境，死生为革命。

四

改造世界观，雷锋好榜样。
力量与源泉，毛泽东思想。

出席湘潭专区文联成立大会七绝五首

（一九六四年）

一

寂寞横戈旧战场，当年鲁迅独彷徨。

湘中此日雄师集，十万横磨斩虎狼。

二

四海翻腾云水怒，人民六亿共挥戈。

寰球几个苍蝇泣，怕听风雷国际歌。

三

人民历史书新页，旧戏安容占舞台。

誓扫郑声驱将相，伫看艺苑百花开。

四

衡湘奇丽如图画，妙手移来上画笺。

画里讴歌时隐约，改天换地着先鞭。

五

由来文艺分阶级，壁垒森严斗死生。
力为工农兵服务，延安讲话永心铭。

戏书一绝示石顽①

（一九六四年）

书家北海能如虎，不及右军矫若龙。
我欲提鹅换龙虎，谁知尽是水爬虫②。

---

① 石顽：张石顽，湘潭市二中校长、湘潭文联画家。文家驹与张石顽都是醴陵地下党员，好友。二人同时出席湘潭专区文联成立大会。——编者注
② 湘潭、醴陵一带，谓书法不成形者，为水爬虫、虾公脚。与石顽席上读此诗，喷饭满桌。

采桑子·岳阳师范校庆二首

（一九六四年）

年年校庆风光好，红雨春波。绿柳莺梭，寥廓湖山兰芷多。　　今年校庆春尤好，嘹亮弦歌。慷慨高歌，比学高潮夜枕戈。

明年校庆如何好？豪气如虹。活虎生龙，跃上葱茏第一峰。　　百年校庆无边好，千万工农。千万英雄，革命中坚不老松。

校庆同学索诗偶成

（一九六四年）

一

几个苍蝇未足奇，东风浩荡举红旗。
斗争中有无穷乐，莫负风雷激荡时。

二

年来久不拈词笔，校庆诸生强索诗。
白发虽增暮气减，豪情应有芷兰知。

赠王大槐同学①

（一九六四年）

初停问字车，好学最堪夸。
兰芷三年秀，芙蓉正着花。

文章千古事，实践是真知。
万卷藏胸库，风云笔底驰。

---

① 王大槐，岳阳县人，原岳阳师范学生，曾在岳阳市政府办工作，今已去世。——编者注

洞庭秋思

（一九六五年）

写我旷怀，题曰秋思，一反古人悲秋之意，当喜老夫能昂扬斗志赋秋声也。

一

出校欣然汗漫游，寻诗又上岳阳楼。
花开有致何妨晚，人到无愁最爱秋。

二

秋光真个胜春光，黄菊丹枫万里霜。
最是一篙秋水涨，满湖帆影满湖粮。

三

秋山红树花争艳，秋水澄天玉比莹。
我欲从新排节序，重阳过后是清明。

四

三秋帝子降湖湘，斑竹当年泪几行？
夜半依稀闻鼓瑟，烟波浩渺月如霜。

五

凌晨霜重演兵忙，要把操场拟战场。
莫道老来猿臂乏，弯弓还可射天狼。

六

秋窗夜话胜联吟，一片冰心告故人：
"豪兴不因华髪减，诗功微比绮年深。"

七

不向文君把酒沽，不弹长铗叹无鱼。
平生嗜好浑忘尽，除却吟诗与买书。

八

问余何故恋湖滨，微笑无言指此心。
千里江天梦寥廓，十年兰芷吐芳芬。

九

竟忘双鬓已成丝，狂放犹同杜牧之。
更比牧之多晚福，学书娇女代抄诗。

十

不剪梅麻厌绮罗，线装毛选乐如何！
寒衣未制无寒意，我自心头热血多。

十一

洞庭风月最宜秋，谁道秋心便是愁？
十六年来天地改，长江歌笑向东流。

十二

虫鸣四野怒涛惊，似听沙场夜点兵。
我与欧公不同调，昂扬斗志赋秋声。

题平装《毛泽东选集》三卷扉页①

（一九六六年）

东方太阳升，定向指南针。
西天无此乐，中宵北极星。

---

① 一九六六年我买了平装《毛泽东选集》一套，在三卷的扉页上写下了一首五绝。

百字令一首

（一九七五年）

——敬祝莱荪埕妹贤伉俪①健康长寿

林聪②薰沐，谨百拜，埕妹寿星③前曰：窗外腊梅初绽蕊，雅致英姿高格。百朵幽芳，百篇佳韵，百岁长康泽。此生修到，前身原是明月。　　曾记泗水④春莺，星沙⑤仙鸟，入新诗清绝。弹指而今皆老矣，莫叹鬓霜头雪。豪气如虹，屠鲸东海，共展南天翮。弯弓盘马，熊罴还射西北。

① 作者妻妹朱镕埕、妹夫郭莱荪夫妇。——编者注
② 林聪：作者与妻朱镕聪。
③ 朱镕埕五十岁生日。
④ 泗水：文家祖籍醴陵市泗汾镇。
⑤ 朱家祖籍长沙县星沙镇和平村。

秋兴八首用老杜原韵而反其悲秋之意

（一九七六年）

一

自古悲秋遍士林，我今奋笔扫萧森。
山如散绮江如练，樵爱新晴钓爱阴。
解佩有人偿酒债，催租无吏扰诗心。
西风依旧乾坤换，四野欢歌掩暮砧。

二

梧桐庭院晓风斜，一叶惊秋感岁华。
白露蒹葭怀渌水，红霞斑竹降仙槎。
高楼古调湘灵瑟，远浦新声蜀女笳。
极目棉田千里雪，钢花焰映紫薇花。

三

湘上芙蓉映夕晖，月明清露晚凉微。
一声长笛惊鸥梦，万里轻云拥鹤飞。
诗境喜随尘念澹，豪情讵与壮年违。
天山黑水熊罴觑，猛士弯弓马正肥。

四

最爱观棋不着棋，心忘得失自无悲。
遨游山紫潭清际，正是橙黄橘绿时。
范相边词多感慨，放翁垂老梦驱驰。
晴空一鹤排云上，诗兴豪情启我思。

五

洞庭秋水远衔山，山接东瀛云海间。
视线洞穿大同世，心兵猛破自私关。
悬崖飞渡无难色，险韵沉吟偶皱颜。
莫道上楼筋力减，尚存一息敢休班？

六

几回中夜立桥头，领略南湖澹雅秋。
千里稻香风有致，长空烟净月无愁。
疏桐影瘦迟孤雁，丛荻阴浓护俪鸥。
万籁愔愔皆入梦，诗魂飞向状元洲①。

七

秋收起义建奇功，革命高潮指顾中。
星火燎原辉北斗，红旗环宇展东风。
旁门霸道沉云黑，真理神州旭日红。
九十愚公宜学步，莫抛心力作诗翁。

八

宅临湖上绿逶迤，窗对君山挹野陂。
菊圃经霜饶晚节，荷塘听雨爱残枝。
秋风茅屋心常暖，春水蓬门志不移。
我与杜陵情调异，朗吟昂首耻低垂。

---

① 故乡渌江桥畔有"状元芳洲"，为醴陵八景之一。

偕艺文游麓山归成五绝句①

（一九七六年十月一日）

时距主席弃世仅三星期也。

一

娇儿伴作麓山游，指点晴岚翠欲流。
我与杜陵身世异，不伤衰老不悲秋。

二

大星惊陨九州寒，爱晚亭前泪黯弹。
无限怆凄化宏愿，层林尽染寸心丹。

三

泠泠泉水甘如醴，一勺能教襟抱开。
泉畔老松高百尺，夜阑应有鹤归来。

---

① 此作于岳麓山下，居湖南省委党校，《辞源》修订期间。——编者注

四

游山必上最高峰，拾级猱登云麓宫。

诗兴麓云封不住，更随鹰影击长空。

五

佳节寻诗半日闲，白头红树碧波间。

稼轩筋力输侬健，漫步从容下麓山。

咏　梅

（一九七七年）

　　昨夜，明月照积雪，怀人感事，浮想联翩。忽忆手植腊梅，冲寒怒放，推窗遥望，神情奋飞。朗吟毛主席《卜算子》词"风雨送春归，飞雪迎春到"之句，不知寒气侵人也。倚枕成七绝八首，晨起书之。

一

寒气如磐兴益豪，独寻幽径踏琼瑶。
朗吟飞雪迎春句，一路探梅过小桥。

二

九天风雪漫无涯，独有幽芳颂岁华。
力挽春光战风雪，百花先进数梅花。

三

虬松劲竹并称雄，挺立层冰积雪中。
敦促东皇报花信，从容含笑在花丛。

四

一株窗外斗寒开，魂魄依稀入梦来。
伴我吟诗怜我老，深宵花下几徘徊。

五

飞雪初停月又明，暗香疏影动诗情。
捧回花上晶莹雪，煮茗长吟腑肺清。

六

高标绝世君修到，玉骨冰肌孰可齐？
一瓣心香拜知己，岂容和靖唤梅妻！

七

我与梅花有旧盟，岁寒清话倍亲情。
吟诗脱尽官商气，掷地才成金石声。

八

诗爱放翁忧国句，爱梅还敢向翁夸。
他年埋骨梅花下，永赏清芬永护花。

附记：《咏梅》七绝成于一九七七年元月杪，余已六十五岁，垂垂老矣，所幸者诗中尚无颓废之气，可预卜胜愚公九十之移山，伏胜九十尚传经。生逢盛世，幸何如之！乐何如之！

思　亲

（一九七七年）

花残棠棣泪斑襦①，卧榻胡推连理株。
恶梦初醒肝胆裂，起燃残蜡作家书。

---

① 今年五月廿一日胞妹文蔼家病逝，五月廿七日妻弟朱镕尧不幸车祸去世，一周双讣。

赠 陈 抗

（一九七八年）

　　陈抗君曾在湖南岳阳师专授课，后同余一起作《辞源》修订工作二年。近由北京返长沙，将去中山大学古文字研究所学习。君家学渊源，志远力勤，诚深造之才也，作长句志别。

一

巴陵师席挹豪英，秋水襟怀玉比莹。
惊座才华羡家学，照人肝胆见真情。
春波柳线听莺韵，腊雪梅花赏月明。
最是鸡鸣风雨夕，隔墙相应读书声。

二

雠音订义续前缘，聚首星沙又二年。
甲骨君能诠古字，辛词我未竟新篇。
神州激荡逢千载，学海波澜汇百川。
天外有天应可至，衡阳归雁寄云笺。

洞庭诗社成立口占二绝为贺①

（一九八〇年）

一

论诗结社洞庭滨，忧乐关情笔有神。

绿野白莲皆避席，新声一代胜前人。

二

十年浩劫乾坤暗，浊浪排空兰芷殚。

幸有东风澄浊浪，一湖春水漾文澜。

---

① 岳阳洞庭诗社成立于 1980 年 1 月 27 日，是以创作传统诗词为主的社会团体，独开全国风气之先，影响于海内外。

黄河礼赞

（一九八〇年）

一

九曲黄河万里波，探源直上到银河。

源头一片支机石，织女停梭发浩歌。

二

新建黄河游览区，风光胜古帝王都。

喜看今日中州集，疏凿遗山也弗如。

桂林山水

（一九八〇年）

一

昔从画里见奇山，意匠天工疑信间。
今日熙平惊万态，四王八大等闲看。

二

玉簪罗带昌黎句，未尽漓江山水奇。
愧我诗才难抗手，但将风物摄心碑。

三

峨嵋秀气锺人杰，太白东坡孰比肩？
西粤灵奇媲西蜀，歌仙更自胜诗仙。

西湖小唱

（一九八〇年）

花港观"囚"

桂林山色，穷造化之神奇；西子湖光，极匠心之惨澹。惟花港观鱼斧斫伤多，生机恨少耳。

芙蕖红鲫聚凝眸，港似囹圄鲫似囚。
争及自由天地好，鱼翔浅底桔洲秋。

九溪濯足

雨中游九溪十八涧，源头濯足，爽沁诗心。

路转峰回翠幛开，九溪烟雨瀑鸣雷。
此行诗境归平澹，银汉源头濯足来。

灵隐歌哭

一九八〇年八月十六日，谒灵隐，古刹新辉，拈花面佛，若有会心。忽念南岳荒凉，纵声长叹。无端歌哭，游人指为济癫，戏成一绝。

灵鹫飞来天外天，偶朝古寺证前绿。
拈花微笑忽长叹，惹得游人唤济癫。

慧眼烛私

灵隐西庑，有济公画像，慧眼神光，左右瞻之，皆如面对，若将烛透隐私者。余端详久之。

济公法像无边法，慧眼通天烛肺肠。
底事众生多俯首，臣心如水久端详。

岳庙四奸

武穆祠前，跪四奸像，若低头认罪，而微有屈词。

武穆词前跪四贼，低头认罪怨声微：
九哥若愿徽钦返，三字焉能死岳飞？

湖山鸣冤

岳坟联云："青山有幸埋忠骨；白铁无辜铸佞臣。"铁固无辜，山宁有幸？

荷花九夏桂三秋，佳丽湖山誉五洲。
葬侠埋忠宁有幸，国冤民愤看潮头。

颂某新婚

（一九八〇年）

秦嘉宠召赴华筵，青鸟衔来五色笺。
月殿影摇连理树，瑶池花种并蒂莲。

兰汀柳岸听啼莺，燕子呢喃舞落英。
最是今宵春意盎，华灯凝月影双清。

鸾俦凤侣气如虹，不恋温柔爱学工。
铸就雌雄双宝剑，扫除一切害人虫。

累世通家敦旧谊，学吟俚句颂新婚。
相期共展南天翼，震怖蓬蒿鹦雀魂。

南湖春兴八首

（一九八一年）

　　邕湖一名南湖，亦即水经所谓瀿湖者也。在岳阳市东南六公里处。识者谓湖山风物之美，可胜西湖而甲天下。张说《邕湖山寺》诗有"云间东岭千寻出，树里南湖一片明"之句。李白亦有《望邕湖》诗："雨洗秋山净，林光澹碧滋，水闲明镜转，云绕画屏移。"张李二公之诗，范水模山，穷状极致，情景交融，心与境会，岂止诗中有画哉！庚申冬，余卜居湖滨，愧非仁非智之颀，得乐山乐水之章，愿读书学诗以终老焉。辛酉，成南湖春兴七律八章。欣抒意境，略见豪情。

一

处处长堤处处莺，岳阳原是绿杨城。
一楼花影因风俏，万户华灯碍月明。
范相文章真有价，小乔夫婿最知兵。
大江东去滔滔浪，激励英雄是此声。

二

故人过我话桑麻，绿树青山绕郭斜。

腊雪梅花藏旨酒，石泉槐火试新茶。

五湖风月权为主，一棹烟波便是家。

他日卜居何处好，南湖更比武林嘉。①

三

破万卷书行万里，巴陵胜状要重探。

潇湘花雨流红浪，图画春山点翠岚。

三醉神仙留幻迹，八州子弟废空谈。

孤舟老病当年泪，诗圣魂归雀跃三。

四

浩劫灰飞十载过，饱经忧患乐弥多。

此身岂合词坛老？大任还将侠骨磨。

春水渌波江令赋，秋风茅屋杜陵歌。

离人寒士今无恨，喜见扬清九曲河。

① 武林：杭州别称，指西湖。

五

绿蓑青笠慕前贤，一卧沧江遽卅年。
雪夜联诗宣酒令，春潮载酒泛诗船。
三更知己舱前月，万顷平湖水底天。
今夕舣舟杨柳岸，晓风吹醒醉屯田。

六

谪仙康乐是吾师，着屐寻幽揽胜时。
邻郡仰瞻工部冢，隔江遥拜屈原祠。
碧波天际飘帆影，红杏枝头认酒旗。
薄醉归来吟兴涌，豪情写付芷兰知。

七

手选名篇夜渐寒，文章千古会心艰。
襟怀我自推元亮，风骨人争重建安。
学问深时精格律，性灵真处见心肝。
戏将花品评诗品，独赏幽兰薄牡丹。

八

巫峡潇湘路几千，群山竞秀水争妍。

绿怜芳草刚三月，红了樱桃又一年。

照眼百花夸艳丽，同心四化乐红专。

五洲震荡神州好，老骥嘶风猛着鞭。

伟烈丰功六十年

（一九八一年）

七一建党

欧兵美舰破藩篱，马列东来醒睡狮。
一艇南湖歌肇建，中华从此见晨曦。

八一建军

凶鸮逆獍中山狼，一枕黄粱梦正香。
霹雳晴天惊鼠胆，异军突起在南昌。

星火燎原

武装割据固如磐，星火燎原敌胆寒。
围剿几番悲惨败，岿然不动井冈山。

遵义光芒

旁门左道僭称尊，五岭三河遍血痕。
遵义光芒宏正觉，无边法力挽乾坤。

持久抗日

隆中预见三分局，孙子谈兵百世师。
争及一篇持久战，决疑制敌奏平夷。

重庆谈判

此身天下系安危，虎穴龙潭走一回。
千古山城浓雾净，万民齐唱救星来。

全国解放

千秋史册纪新程，百族骈阗吼一声：
中国人民站起了！九州称庆五洋惊。

反霸斗争

燃萁煮豆媚仇雠，浩荡洪波涌逆流。
高举红旗卫真理，列宁薪火旺神州。

十年浩劫

赤马红羊悲浩劫，人多疲病虎纵横。
中原不绝才如缕，天柱将倾又力擎。

四化宏图

三山推倒四凶歼，伟烈丰功六十年。
十亿炎黄齐献寿，同奔四化着先鞭。

纪念鲁迅先生诞生一百周年

（一九八一年）

敬书《鲁迅全集》扉页，纪念鲁迅诞生一百周年。

好句唐人多说尽，后人何处觅新诗。
唯公跳出如来掌，秋肃春温笔一枝。

血沃中原劲草生，甘为孺子注深情。
投枪匕首摧顽敌，纸上长留挞伐声。

怒向刀丛觅小诗，千夫指处敢横眉。
享年不及萧伯纳，载誉真同高尔基。

赠日本诗人

（一九八一年）

一

天外海风来上客，下临云梦洒清凉。

冰心一片情千载，吟唱唐诗字字香①。

二

樱花如火梅如雪，既爱梅花也爱樱。

赠我樱花梅必报，芳馨怀抱见深情。

①　一九八一年七月廿二日，百川元允、妻乌克风老先生为正副团长，率日本"歌吟家代表团"来岳，与洞庭诗社同仁在岳阳云梦饭店举行诗歌吟唱会，还共同切磋对唐诗的解析等学术问题。

为攀绝顶着先鞭

（一九八一年）

一九八一年仲夏，岳阳师专七八级同学编《毕业歌》，杀青甫就，
索诗于余，成三绝句补白。

一

洞庭十万八千里，春意汪洋兰芷多。
三载敷荣香溢远，豪情不赋别离歌。

二

三山推倒四凶歼，伟烈丰功六十年。
际会空前歌毕业，为攀绝顶着先鞭。

三

矍铄衡山我不如，余年愿读百家书。
诸君鹏翼和云矞，笑望长空老翩舒。

元宵雅集分韵得泗字①

（一九八二年）

昔上岳阳楼，凭栏挥涕泗。

浊浪逼长空，狂飙折天柱。

满目尽疮痍，震耳皆冤诉。

今上岳阳楼，放声歌盛世。

北斗灿星河，东风扫烟雾。

雨露润无声，芷兰香有致。

复值岁华新，闻鸡舞壮士。

老骥亦嘶风，奔腾千里志。

---

① 一九八二年二月十四日（壬戌年正月二十一日星期日）洞庭诗社社友雅集岳阳楼公园小会议室，举行"新春诗会"，以朱熹"春日寻芳泗水滨，无边光景一时新"出题，分韵赋诗。余得泗字，即席咏之。

沁园春·欢呼"十二大"召开，
谨步毛主席《长沙》原韵

（一九八二年）

千里清秋，碧云豁目，皎月当头。喜盛会空前，精诚无间；虚怀若谷，从善如流。左道排除，恢宏正法，舜日尧天乐自由。擎天柱，可纲维宇宙，主宰沉浮。　　九天云汉遨游，偶下瞰神州景象稠。有谋国老成，鞠躬尽瘁；清声雏凤，意志坚遒。人马奔腾，精神抖擞，四化长征定远侯。吾老矣，要嘶风附骥，破浪飞舟。

绝句三首

（一九八二年）

卜　居

湖边小阜是吾家，半种松杉半种茶。
屋角寒梅刚五树，春风未到早开花。

桥头晚眺

独立桥头看晚山，栖鸦数点夕阳残。
诗心澹远何人会，流水无言山自闲。

夜　吟

苦吟寒夜不知眠，儿女讥余学唱禅。
禅味不如诗味好，新成绝句似樊川。

花明楼少奇同志遗像前献词

（一九八三年）

瘴雨蛮烟日月寒，花名楼畔百花殚。
遗容何用藏尘莽，早在人民肺腑间。

敬书《修养》扉页

（一九八三年）

如磐夜气郁奇冤，我欲悬头向国门。
秉笔今朝书史论，一篇修养党员魂。

七绝五首①

（一九八三年）

一

登天子山闻说向王天子事

白云青霭耸层峰，奇险深幽造化功。
合上尊称曰天子，峨嵋输秀岳输雄。

二

由来天子多民贼，民族英雄有向王。
留取大名垂宇宙，任他地老与天荒。

---

① 一九八三年十月，由湖南省文学会、古典文学研究会举办的"古近代湘籍作家讨论会"在桑植县举行，编《澧浦行吟录》，选登余七绝五首。

三

天平山原始森林

天平高处欲平天，原始森林不计年。
垂老不辞探胜境，扶筇直上咏游仙。

四

天平山种子园

奇树珙桐虞绝种，天平聚族幸存家。
新苗数万移殊域，开遍中华鸽子花。

五

谒桑植贺龙同志旧居

桑植地灵天下重，贺公人杰建苏区。
地灵人杰资鞭策，检点衡湘万卷书。

老友刘佛年兄七十荣寿①

（一九八四年）

遥呈七律两章

一

盛德高明益寿期，古稀觞介艳阳时。

温公警夜歌圆枕，康节平生不皱眉。

佛国合称无量寿，环球遍誉大宗师。

生逢圣代人长健，共跻期颐再献诗。

二

老友重逢铁水汀，倭氛敌忾共传经。

中西融贯搏鹏翼，诗礼渊源羡鲤庭。

福慧凤鸾长协吕，襟怀鸥鹭共忘形。

新风东海尊师表，旧雨西山颂寿星。

---

① 刘佛年先生，湖南醴陵人。日本帝国主义侵华时，刘先生流亡回后方，曾在余创办的"开明中学"任教，好友。新中国成立后刘佛年先生任上海华东师大校长。

敬题《洞庭诗选》第三辑

（一九八五年）

　　一九八五年十月，洞庭诗社成立五周年庆典，社友编《洞庭诗选》第三辑为纪念，嘱余撰诗以代序言。才尽学荒，不敢承命，恳辞未允，督责转严，勉成七绝十章，追咏五年大事，驴鸣宁敢言诗，鸿爪聊资留迹云尔。

一

扶桑风雅降仙舲，春浪诗涛盎洞庭。
最羡长吟谙古调，绕梁三日有唐音。

二

东风解冻感春温，十载长喑得放言。
慷慨高歌继高社，冶词哀艳汰西昆。

三

天中节是诗人节，汨水龙舟吊屈原。
明日君山赓雅咏，湘妃墓竹话斑痕。

四

昨夜奎光耀分野，今朝诗社迓文星。
灵均工部师宗匠，一点犀通爱国心。

五

盛会空前壬戌秋，湖波万顷泛吟舟。
兰亭修禊规模小，也胜东坡赤壁游。

六

五年三度款嘉宾，品茗论文洗俗尘。
中日近邻衣带水，诗情长共友情深。

七

爱古不作古人囚，创新不学新打油。
真情实境供诗笔，芥子须弥任自由。

八

诗分有我无我境，此义难参复启疑。
无我境中须有我，浑然无我即无诗。

九

诗韵应随时代改，陈规墨守忒顽痴。
请君细读诚斋集，活法宜求用韵时。

十

诗社如林遍九州，同声相应气相求。
恢弘诗道偿宏愿，改革艰难共运筹。

第一个教师节感怀

（一九八五年）

欣逢今日教师节，党政军民祝贺来。
千万教师心底语，鞠躬尽瘁育英才。

为人师表乐无穷，一代良师百代功。
任尔圣贤豪杰士，文章勋业赖陶镕。

一九八八年教师节书怀

（一九八八年）

一

又值今年教师节，名篇师说忆昌黎。

传道授业还解惑，能兼方可谓良师。

二

尊师重道好传统，保此菁华永不移。

学者诗人名教授，水源木本是贤师。

三

耄年不敢负师恩，我有良师三五尊。

高足叵能夸入室，但如子弟省晨昏。

四

启蒙屈指首先慈，犹记冲龄识字时①。
最是鸡鸣风雨夕，纺纱机畔课唐诗。

五

恩师最忆唐文渊，马列真诠着意传②。
俾我征途无跌蹶，追随革命到尧天。

六

宗师一代傅君剑，授我说文与楚辞③。
精习说文能治学，楚辞成诵始吟诗。

---

① 我一贯爱好古典文学，对唐诗宋词略有研究，这有赖于母亲的启迪教育培养。

② 唐文渊：又名唐若颜，是早期的共产党员，大革命失败时牺牲。从一九二一年到一九二三年，唐先生是我小学三年级到五年级的国文教师。他经常向学生宣传"劳工神圣"这句口号，讲解共产主义基本知识，教育学生怎样做人，指引学生走革命道路。唐先生的教诲，对年轻人真有润物无声的巨大力量，更是我的指路明灯。

③ 我喜爱古典文学，有阅读译注一般古籍的能力，能写点旧体诗词，也能写点文言散文和骈文，这得自傅钝安先生的教诲。先生是南社巨子，为南社在湖南的主要负责人，《南社湘集》主编。我从先生习说文，读楚辞，偶作诗文，送呈先生批改，多承奖掖，但要求极严。对文章法度，诗词格律，指讹纠误，不稍假借。每次都启发自己反复修改，多次以矜才为诫。

题年历短句三首①

（一九八七年）

一

国际和平说虎年，龙争虎斗更骚然。
人民自有回天力，伏虎降龙净大千。

二

虎年送去兔年近，展望前途乐意盈。
说虎怕逢笑面虎，兔如白鸽兆和平。

三

兔年弹指又龙年，一隐一现宠辱全。
宠辱偕忘参正觉，滔湖风月入吟笺。

---

① 中华诗词学会编印虎年年历。

儿童节戏成两绝句①

（一九九二年）

一

诗必穷而后始工，古今持论抑何同。
无如我是贪婪者，既要工诗又怕穷。

二

今天国际儿童节，无数鲜花烂漫红。
八十年来真似梦，梦回仍是老顽童。

① 作者绝笔，根据本人手稿整理。——编者注

下　编

诗　论

　　我从事教育工作数十年,行政事务颇多。我又是一个古典文学教师,同时是一个古典文学爱好者和研究者,且学且教且研究,相互补益,相互促进。砚边点滴体会,无非从读书、教学、研究三方积思得来者。

——集录作者《自传》语

论杜甫绝句

（一九七九年）

唐代许多著名的诗人中，杜甫享有最崇高的威望。元稹作《杜君墓係铭》就说："至于子美，盖所谓上薄风骚，下该沈宋，言傍苏李，气夺曹刘，掩颜谢之孤高，杂徐庾之流丽，尽得古今之体势，而兼人人之所独专矣……诗人以来，未有如子美者。"尔后，孟棨、黄庭坚称之为诗史，秦观称之为集大成，杨万里更誉之为圣于诗者。新中国成立以后，我们叫杜甫为人民诗人，伟大的现实主义歌手。1962 年，杜甫诞生 1250 周年，世界和平理事会将杜甫定为世界文化名人来纪念。

可是历代诗论家对这位诗中圣哲、世界文豪的绝句却颇有微词。如申涵光说绝句以浑然一气，言外悠然为正，王龙标其当行也。太白亦有失之轻者，然超轶绝尘，千古独步。唯杜诗别是一种，能重而不能轻，有鄙俚者，有板涩者，有散漫潦倒者，虽老放不可一世，终是别派，不可效也。

胡应麟说："盛唐长五言绝不长七言绝者，孟浩然也；长七言绝不长五言绝者，高达夫也；五七言各极其工者太白；五七言俱无解者杜陵。""子美于绝句无所解，不必法。"

说杜甫不工绝句，不解绝句，是对"诗圣"的莫大侮辱和冤枉，是文学史上亟须澄清的一桩公案。说杜甫的绝句不可效法，而杜甫绝句对后世的影响极大，这是文学史上不可否认的事实。

杜甫绝句，和他的其他各种诗体一样，有极高深的造诣，较之唐代那些绝句名手，不仅可以并驱争先，而且是绝尘逸群的。

历代诗评家何以会形成这种偏见作出错误的评价呢？

绝句起源于民歌，经过六朝乐府的演变到唐代而成熟。唐人的律诗，在形式和韵律上又给绝句以很大的影响，到了杜甫生活的岁月，绝句基本律化了。人们对绝句的要求是语意含蓄，词句清华，音韵和谐，吟诵起来摇曳生姿有一唱三叹的韵致。他们认为"五言绝尚真切，质多胜文；七言绝尚高华，文多胜质，至意须含蓄，语务春容，则二者一律也。""五言绝以含蓄清淡为佳，笔太刚，施之二十字反吃力不讨好。""七律亦忌用刚笔，刚则不韵，即边塞之作，亦须敛刚于柔，使雄健之笔，亦饶顿挫，乃不落粗豪。"

根据这种标准衡量："唐五言绝，太白右丞为最。""摩诘之幽玄太白之超逸，是五绝二途。""七言绝，太白江宁为最。""李词气飞扬，不若王之自在，然照乘之珠，不以光芒杀直。王句格舒缓，不若李之自然，然连城之璧，不以追琢减称。"

这种偏重形式轻视内容，偏重空灵轻视朴质，偏重淡妆轻视浓抹的评诗观点显然是片面的。实践证明，持这种观点论诗往往自相矛盾而无法自圆其说。

荆山已去华山来，日照潼头四扇开。
刺史莫辞迎候远，相公亲破蔡州回。

这是韩愈的名作《次潼关先寄张十二阁老》短短四句诗，写出了诗人对裴度、李愬收复蔡州这一重大政治事件的喜悦，是唐人绝句中不多见的珍品。诗人不是用的含蓄委婉的轻描，而是淋漓尽致的刚笔。诗评家不能不承认这是一首好诗，只好说这是"没石饮羽之技，不必以寻常绝句法求之。"《岘傭说诗》就说得更滑稽了。"荆山已去华山来"一绝，是刚笔之佳作。然退之亦不能为第二首，他人亦不能效退之再为一首，可见此非善道。他们不仅说杜甫、韩愈、苏轼不工绝句，为了强调含蓄，竟把"五七言各极其工"的李白那首《独坐敬亭山》也诋为

"亦太分晓"。为了空灵，把被推为唐人七绝压卷之作，王昌龄"秦时明月汉时关，万里长征人未还。但使龙城飞将在，不教胡马度阴山。"那首《出塞》说是语意太重，头重脚轻。子矛子盾，胡帝胡天。

令人遗憾的是这种片面观点使杜甫绝句得不到公正的评价。从古今一些诗歌选本看，这个问题也相当突出。《唐诗三百首》杜甫的五七绝都只选一首，王维五绝十三首，七绝四首，王昌龄七绝五首，《唐诗别裁》杜甫五七绝各三首，李白五绝五首，七绝二十首，王昌龄五绝二首，七绝十一首。当代林庚、冯沅君主编的《中国历代诗歌选》李白诗三十七首其中五绝三首，七绝七首。杜甫诗三十八首其中七绝二首。中国社会科学院文学研究所编的《唐诗选》李白诗六十四首其中五绝四首，七绝十一首。杜甫诗七十一首仅七绝一首。这些数字，都说明在古今选家的心目中，杜甫的绝句没有得到应有的地位。近人夏承焘与马茂元两位专家都曾对此提出了异议，充分肯定了杜甫的绝句，有很多非常精辟的见解。但或认为"晚节渐于诗律细"是专指杜律而与绝句无关，或认为绝句在杜诗中确是比较薄弱的环节，而且习俗移人，贤者不免，两先生论绝句，也还有点偏主轻灵，对杜绝的某些评价，似乎也还可以商榷。

杜甫绝句，现存一百三十八首，其中五绝三十一首，七绝一百零七首，除七绝《赠李白》是早期作品，《虢国夫人》作于寄寓长安时外，几乎百分之九十九作于晚年。一百三十八首中有政论、史论、文论，有书柬便笺，朋友赠答；有的写人民疾苦，有的写眼前物态，有的写生活心情；有的清新俊逸，有的慷慨激昂，有的信手拈来，有的匠心独运……我们把王维、王昌龄、王之涣、李白、李益、李商隐、王浩然、高适、岑参、杜牧等绝句名手的作品和杜甫的绝句进行比较，从内容的广度和思想的深度看没有一个比得上杜甫的；从艺术风格看，诸家的含蓄婉转高华清淡，杜绝兼而有之，而杜甫的清刚雄放、朴质古拙，却往往为诸家所不及。

请看他的《三绝句》：

前年渝州杀刺史,今年开州杀刺史。
群盗相随剧虎狼,杀人更肯留妻子。

二十一家同入蜀,惟残一人出骆谷。
自说二女啮臂时,回头却向秦云哭。

殿前兵马虽骁雄,纵暴略与羌浑同。
闻道杀人汉水上,妇女多在官军中。

这是和杜甫的名作《三吏》和《三别》同样具有高度人民性的,现实主义的诗篇。《三吏》和《三别》通过鲜明形象的刻画,反映人民在残酷兵役下所遭受的痛苦,《三绝句》则运用民谣口语的形式责骂了军阀、盗贼、皇帝直接掌握的殿前兵马奸淫掳掠,比虎狼还剧的罪恶。

八年安史之乱,人民备受叛军、异族、官军的蹂躏。开始人民"日夜更望军官至",可是什么军官,还不是盗贼;人民又寄希望于乱定。可是乱初定,接踵而来的是军阀割据,中禁掌军,祸国殃民,为害尤烈。杀刺史,更把人民的妻子斩尽杀绝!杀男人,更把妇女掳在军中奸淫!二十一家一同逃难到四川,只留下一个人活着出来。多么凶残,多么悲惨!

孟棨《本事诗》:"杜逢禄山之难,流离陇蜀,毕陈于诗,推见至隐,殆无遗事,故当时号为诗史"。钱谦益说:"渝开之事,史不及书,而杜诗载之。"杜甫站在人民的立场,故能书史不及书的事,更重要的是推见至隐写出了历史的真实。这样的绝句,正是唐人绝句的精华,只有杜集中才有:

遗庙丹青落,空山草木长。
犹闻辞后主,不复卧南阳。

——武侯庙

这首五绝,是杜甫凭吊诸葛亮的咏古之作,也是一篇短小精悍的史论。前两句极写空山古庙之荒凉,寓吊古之情于景。后两句十个字涵茹了前后出师表的内容,写尽了诸葛亮一生勋业和鞠躬尽瘁的心事。字凝句炼,含量之大,概括力强,令人惊叹。杜甫是崇拜诸葛亮的,杜诗咏诸葛亮的还有《诸葛庙》、《八阵图》、《蜀相》、《咏怀古迹之五》……"三顾频烦天下计,两朝开济老臣心。""出师未捷身先死,长使英雄泪满襟。""三分割据纡筹策,万古云霄一羽毛。伯仲之间见伊吕,指挥若定失萧曹。"都是千古名作,而这首只有二十个字的短章,比起那些鸿篇巨制来是毫无逊色的。

　　从艺术方面说,这是一首四句皆对的五绝。写得不好,就会像五律的二、三联,首尾不能呼应。《唐人万首绝句》所收的二千五百首五绝中,四句全对者写得好的屈指可数。王勃的《赠李十四》、钱起的《江行》、令狐楚的《从军》,可称语对意流,四句自成起讫的杰作。王之涣的《登鹳雀楼》"白日依山尽"一首,更是脍炙人口。仇兆鳌说:"《武侯庙》诗气象雄伟,词旨凯切,又高出诸公。"说高出王之涣诗,似乎也不很恰当,说是夜光和璧,交相辉映,应该是平允的。

　　这确是惨淡经营,大气包举的刚笔、重笔,不仅王孟集中无此清刚雄健、气夺曹刘之作,连李白的五绝中,也难找到一首旗鼓相当的。

　　我们试再读《江南逢李龟年》:

　　　　岐王宅里寻常见,崔九堂前几度闻。
　　　　正是江南好风景,落花时节又逢君。

　　含而不露,宛而不直,词名清隽,音调和谐,初读只感到颇有情韵,并不引起伤感,多读两遍,则人世盛哀之感,飘零萧瑟之情,令人凄绝;再加反复吟咏,则万事干戈,人民疾苦与个人的身世凄凉融为一体,化为血泪,使人回肠荡气。短短四句,能涵容无限感慨,诗的格调和感染力都达到了异乎寻常的高度和深度。这正是热爱祖国热爱人民的真情和精湛的艺术功力的结晶。

明人李攀龙、王世贞，清人王士祯、沈德潜举出王昌龄的《从军行》(秦时明月汉时关)、《长信秋词》(奉帚平明金殿开)，王翰《凉州词》(葡萄美酒夜光杯)，王之涣《凉州词》(黄河远上白云间)，王维《渭城曲》(渭城朝雨浥轻尘)，李白《早发白帝》(朝辞白帝彩云间)，李益《夜上受降城闻笛》(回乐峰前沙似雪)，柳宗元《酬曹侍郎过象县见寄》(破额山前碧玉流)，刘禹锡《石头城》(山围故国周遭在)，郑谷《淮上与友人别》(杨子江头杨柳新)十首诗为唐人七绝压卷之作，选压卷诗是可笑的笨事，但这十首确是唐人七绝中有代表性的第一流名作，谁也不容否认。假如我们再把杜甫这首加入，我敢断言，也会一致通过(当然，还可以选入其他人的)。

黄生说："此诗与《剑器行》同意，今昔盛衰之感，音外黯然欲绝。见风韵于行间，寓感慨于字里，即使龙标供奉操笔，亦无以过。乃知公于此体，非不能为正声，直不屑耳。有目公七绝为别调者，亦可以持此解嘲矣。"黄生虽还不能从人民性的高度来认识此诗的内涵，但从艺术角度指出王昌龄、李白"亦无以过"，指出杜甫不作"正声"非不能为而是不屑为，实不失为卓见。

现在我们将杜绝和孟浩然、高适、王维、王昌龄、李白诸家的绝句稍作比较，就极清楚地看出所谓杜甫不解绝句的说法，完全是无稽之谈。

《孟襄阳集》五绝十九首、七绝七首，七绝除《渡浙江问舟中人》一首略有韵致外，馀皆平平。五绝也只有《春晓》、《宿建德江》(移舟泊烟渚，日暮客愁新。野旷天低树，江清月近人。)两首意境清新，堪称佳构。孟是颇负盛誉的山水诗人，描写隐遁生活和旅途风光，涵意隽永，情景交融。但他的好诗多为五古和五律，至于绝句，数量少，质量好的就更少了。

高适的五绝仅七首，无足称道。七绝十四首，只有《别董大二首》之一《除夜作》可算上品。"莫愁前路无知己，天下谁人不识君？"

"故乡今夜思千里,霜鬓明朝又一年。"古今传诵。高适是盛唐有名的边塞诗人。其优秀篇章大都是北上蓟门、浪流梁宋时的作品。体裁多为七古。安史乱后,他成了达官,地位日高,诗境日下了。胡应麟说孟不工七绝、高不工五绝是对的;但说孟工五绝、高工七绝那就不合事实。孟、高绝句,实无以与杜甫争一日之短长。

王维多才多艺,书画音乐,无不擅长;诗也古体近体,并臻精绝。《右丞集》现存五绝五十首,七绝二十四首。五绝如《相思》(红豆生南国)、《送别》(山中相送罢)、《杂诗》三首之二(君自故乡来)、《山中》(荆溪白石出)等一类小诗,写景则清幽胜画,言情则婉转动人。词语淡雅不事藻绘而意境十分生动。七绝如《少年行》四首、《赠裴旻将军》意气风发、慷慨激昂,抒发了游侠少年,边防将士的英雄慷慨。"偏坐金鞍调白马,翻身射杀五单于"。"孰知不问边庭苦,纵死犹闻侠骨香。"壮志豪情,有声有象。《送沈子福归江东》、《九日忆山东兄弟》,皆思亲赠友情真语挚之作。《渭城曲》更是千秋绝调。王维和李白一样称得上五七绝皆工。但却不能说王维的绝句超过杜甫,姑勿论杜绝中那些政治诗论文,论史的诗是王维所没有的。即写景言情之作,杜甫也有不少名篇可与王作媲美,只是春兰秋菊,风格不同而已。

值得特别提出的是被胡应麟等誉为"穷幽极玄"的五绝,像《辋川集》二十首五绝中下面的几首:

新家孟城口,古木馀衰柳。
来者复为谁,空悲昔人有。

——《孟城坳》

空山不见人,但闻人语响。
返景入深林,复照青苔上。

——《鹿柴》

独坐幽篁里,弹琴复长啸。

深林人不知,明月来相照。

——《竹里馆》

木末芙蓉花,山中发红萼。

庭户寂无人,纷纷开且落。

——《辛夷坞》

这类短章,意境清幽雅静,真有不食人间烟火的美。但仔细吟咏起来,仿佛栖身深山古刹,寂对玉罄木鱼,冷寂得令人可怕,人毕竟是不能餐风饮露的。"来者复为谁? 空悲昔人有",正表露了诗人空虚没落、无可奈何的心情。

我们再看杜甫的《绝句六首》的:

蔼蔼花蕊乱,飞飞蜂蝶多。

幽栖身懒动,客至欲如何。

急雨梢溪足,斜晖转树腰。

隔巢黄鸟并,翻藻白鱼跳。

江动月移石,溪虚云傍花。

鸟栖知故道,帆过宿谁家。

这都是杜甫咏草堂春色之作也极幽淡清绝,却是兴与境会。令人感到生机活泼,情趣盎然。

王维的诗,虽然艺术造诣很高,但存在着思想感怀上的严重缺点。后世那些思想消极的文人,以万念皆空的禅境为至高无上的诗境,我们必须警惕,千万不可与之共鸣。

王昌龄是唐代名诗人中对七绝用工最勤、成就最高的。《全唐诗》收他的诗共一百九十三首。七绝占七十四首。超过他的诗作总数的三分之一。他真不愧为七绝圣手,《从军行》、《出塞》两组边塞诗,每首都是光彩夺目的明珠;以写妇女生活为主题的诗,也有很多出色的优秀作品。《采莲曲》、《闺怨》和一些宫词,或写得姿质天成,清新隽永;或写得缠绵悱恻,哀婉凄怨。另一主题是朋友赠别的篇章,如《芙蓉楼送辛渐》二首之一"洛阳亲友如相问,一片冰心在玉壶。"同样为历来传诵。他的绝句词旨含蓄蕴藉,语言珠圆玉润,声调和谐婉转,善于想象,工于刻画。所谓十首唐人七绝压卷之作,他一个人就占了两首,绝不是偶然的。如果只从这方面说他的绝句胜过杜甫也未尝不可,然而题材不及杜绝广泛,反映现实更不及杜诗深刻,这也是个容掩饰的缺点。

这里只举杜甫的一首绝句,与王的同类作品相较,便可以一班窥豹了。

王昌龄有十首宫词,以凄婉的笔触写出了那些被剥夺了人身自由、青年幸福的妇女的幽恨,从侧面揭露了宫闱黑幕和统治者的罪行。

杜甫写宫廷的绝句只有《虢国夫人》一首:

　　虢国夫人承主恩,平明骑马入宫门。
　　却嫌脂粉污颜色,淡扫蛾眉朝至尊。

这应该是与《丽人行》同时的作品,语言比《丽人行》更加凝炼,讽刺也更为深刻。我把它比作鱼肠剑,美味的鲜鱼腹中藏着犀利无比的宝剑,霜锋指处,坚甲洞穿。所指的已不只是《丽人行》中一杨家兄妹那群禽兽,而深入到了宫门里面的"至尊"。仇兆鳌说:"乍读此诗,意似称扬,及细玩诗旨,却讽刺微婉。"仇氏看到了讽刺,但说刺的只是红颜,这就失之毫厘了。王诗与杜诗风格不同,我认为杜作可谓别开生面,大快人心。至于李白的《清平调》,虽词句清华,音韵悠扬，却只算得御用文人应命制作的谀词，不可同日而语。（不少以温柔敦厚之旨论诗的人，屏此诗于杜集之外，是没有根据的。另有论《集灵台》二绝的小文）

李白、杜甫，是我国诗坛上两座巍然并峙的高峰，虽流派风格不同，各有其独到的极诣，却不要品评高下。严羽说得好："李杜二公，正不当优劣，太白有一二妙处，子美不能到；子美有一二妙处，太白不能到。"

李杜绝句，有不少共同之点：

创造了相类似的组诗，如李的《永王东巡歌十首》、《上皇西巡南京歌十一首》与杜甫的《承闻河北诸节度入朝欢喜口号十三首》、《喜闻盗贼总退口号五首》，都是反对叛乱、反对割据、歌颂统一的。《秋浦歌》和《夔州歌》是写本地风光和个人生活的，两人有少数绝句风格意境颇相近似。

苏武天山上，田横海岛边。
万重关塞断，何日是归年。

——李白《奔亡道中》

江碧鸟逾白，山青花欲燃。
今春看又过，何日是归年？

——杜甫《绝句二首》

水如一匹练，此地即平天。
耐可乘明月，春花上酒船。

——李白《秋浦歌》

漫道春来好，狂风太放颠。
吹花随水去，翻却钓鱼船。

——杜甫《绝句三首》

像这样的诗如不标出作者，可以互乱楮叶。

另一方面，两位大匠的风格不同，各有其登峰造极的神品。五绝如李白的《玉阶怨》（玉阶生白露）、《静夜思》（床前明月光）。杜甫的《归雁》"东来万里客，乱定几年归？肠断江城雁，高高正北飞。"《复愁十二首》之三："万国尚戎马，故国今若何？昔归相识少，早已战场多。"七绝如李白的《早发白帝》、《黄鹤楼闻笛》、《送孟浩然之广陵》。杜甫的《赠花卿》、《漫成一首》。"江月去人只数尺，风灯照夜欲三更。沙头宿鹭联拳静，船尾跳鱼拨剌鸣。"这些诗篇，各臻化境，也正是严羽说的李之妙处杜不能到，杜之妙处李不能到。

李绝流动自然，清奇超诣；杜绝沉着高古，疏野洗练。读李绝飘逸欲仙，读杜绝沉郁兴感。以往说太白五七绝各极其工，子美不及，这很好理解，今天分析，各有独到，不分轩轾。但杜甫《戏为六绝句》那种文艺批评诗，《三绝句》那种政治讽刺诗，是李绝所缺少的，也不容否认。

只凭一联或一首诗品评作者高下，必将抑扬失当。"山随平野阔"，"江入大荒流"，太白壮语也；杜"星垂平野阔，月涌大江流"骨力过之。杜子美诗："朝发白帝暮江陵，顷来目击信有征。"李太白："朝辞白帝彩云间，千里江陵一日还。两岸猿声啼不住，轻舟已过万重山。"虽同用盛宏之语而优劣自别。胡应麟和杨慎，各有抑扬，均非允论。不如苏轼"谁知杜陵杰，名与谪仙高。扫地收千轨，争标看两艘"的说法比较持平。

通过杜绝与盛唐诸家的比照，可以断言：杜甫不工绝句，对绝句无所解的说法是错误的。

研究杜甫绝句（当然不只是杜绝）必须突破以往认为"绝句宜轻不能重，宜柔不宜刚，宜含蓄空灵，不宜明畅朴实"的传统观念。

宇宙万事万物，无不存在于对立统一之中。从美学言，自然美与艺术美都是如此。崇山峻岭、长江大河、虬松古柏美，翠卓碧峦、小溪曲涧、芳草娇花也美；妙龄女郎，红牙轻板，歌晓风残月美，关西大汉，铁板铜琶，唱大江东去也美。孤芳只宜独赏，万花才能竞妍。

书家北海如虎，右军如龙，画师李将军金碧重彩，王摩诘水墨轻描,各有千秋,不容高下。诗中绝句,何独不然。

这里有三首七绝:

> 小园烟草接邻家,桑柘阴阴一径斜。
> 卧读陶诗未终卷,又乘微雨去锄瓜。
>
> ——陆游《小园》
>
> 衣上征尘杂酒痕,远游无处不消魂。
> 此身合是诗人未? 细雨骑驴入剑门。
>
> ——陆游《剑门道中遇微雨》
>
> 三万里河东入海,五千仞岳上摩天。
> 遗民泪尽胡尘里,南望王师又一年。
>
> ——陆游《秋夜将晓出篱门迎凉有感》

这是陆游一个人的作品,三种笔调,三种意境,有轻有重,有实有虚,我们能指出其优劣等第吗?

二王(王维、王昌龄)、李白的绝句也有笔刚语重的,杜甫的绝句同样不乏含蓄清空之作。只要我们不固执偏见,认真读读各家诗集,就会心平气和地承认这个事实,对杜绝作出公正的评价。

在历代诗评家中,有一人独具只眼,独抒己见,认为杜绝高出王昌龄、李白之上,那就是清人黄士能。他的《野鸿诗的》说:绝句字数无多,意纵佳而读之易索,当从三百篇中化出便韵味。龙标供奉,擅场一时,美则美矣,微嫌有窠臼。其余互有甲乙,总之,未能脱调,往往至第三句意欲取新,作一势直起,未若顺流直下,或回波倒转。初诵时殊觉醒目,三遍后便味同嚼蜡,深远花深悉此弊,一扫而新之;即不以句胜并不以意胜,直以风韵动人,洋洋乎愈歌愈妙……余童子时闻老宿常云:“少陵五律各体尽善七律独非所长。及年二十,相少陵五律稍有得;越数年,从海外归,七古歌行亦有得;适三十七八时,奔走岭外,五古七律,始窥堂户;明年于新安道上,方悟少陵七绝,实从三百篇来,高驾王李诸公多矣。"矫枉过正,难免偏颇,但也偶有独到之见,不失为一家之言。

评论一个作家,必须用历史唯物主义的观点分析他的思想感情和创作态度及其作品在当时所达到的水平和对后世的影响。

杜甫是"穷年忧黎元,叹息肠内热"的人民诗人。"朱门酒肉臭,路有冻死骨"的思想感情和人民息息相通。他读书万卷,转益多师,"语不惊人死不休","新诗改罢自长吟"。学习勤奋认真,创作态度严肃,精益求精,所以他的作品能集古今之大成,为当代之冠冕,作百世之楷模。

衡量作家和作品,还必须研究他的创作历史,了解其创作过程,及各种作品在他的各个时期变化发展的情况。

杜甫的诗歌无体不备,无体不工。但各种诗体的成熟精到则有所先后。安史之乱前后,古体和歌行,已取得伟大的成就,古今传颂的名篇,大部分是这个时期的作品,近体中的五律这时也有了很深的造诣。他的七律,则入蜀以后才数量突增,渐臻神化。绝句则几乎全部是晚年所作,这是研究杜甫的诗的人值得深思熟虑的问题。

"庾信文章老更成,凌云健笔意纵横。""庾信平生最萧瑟,暮年诗赋动江关。"是杜甫对庾信的评价,也是夫子自道。"晚节渐于诗律细",老当益壮,用功益苦;"老去诗篇浑漫与",健笔纵横,暮年达到了从心所欲的化境。黄庭坚说的:"杜子美到夔州后诗,韩退之自潮州还朝后文章,皆有不烦绳削而自合矣。"正是看到了这些。

要郑重指出的是:"晚节渐于诗律细"的"律","健笔凌云老更成"的"成",都包括了绝句在内的各种诗体,说专指五、七律,是完全错误的。

唐人通称近体为律诗,非专指五、七言律。韩愈、白居易都把自己的绝句也叫律诗。刘熙载《艺概·诗概》:"文有文律,陆机《文赋》所谓'普辞条与文律'是也。杜诗云:'晚节渐于诗律细',使将诗律'律'字解作五律七律之律,则文律又何解乎?大抵只是以法为律耳。"说甚精当。

杜甫这个全能的诗人,对各体诗歌都认真总结前人经验,有所改革,有所提高。绝句毫无例外。黄庭坚极赞杜甫夔州以后诗,说《夔州歌》奔逸绝尘,有力地说明了这点。

盛唐绝句,王(维)孟清微淡远,王(昌龄)李高华绵邈,各造极诣,载誉词坛,杜甫不肯俯仰随人,自辟蹊径,扩大了绝句的功能,为绝句开拓了新的天地。

杜甫绝句的特点首先是人民性、现实性强,政治诗多,一般说,绝句是抒情的短歌,宜于写片断的生活感受,不宜于叙事说理。杜甫时代以前的绝句,多用以写爱情、送别、边塞豪情、生活小感。杜甫则不然,他的绝句,不仅没有香艳儇薄之词,写亲友离愁别恨的也很少,政治诗倒占了将近百分之三十。

> 黄河西岸是吾蜀,欲须供给家无粟。
> 愿驱众庶戴君王,混一车书弃金玉。
>
> ——《黄河二首》之二

杜甫希望有一个车同轨,书同文的统一局面,愿人民爱戴这样的君王。今天已是民穷财尽"欲须供给家无粟"的形势,当君王的就必须爱护人民,放弃对金玉的搜刮。

他的《解闷十二首》,咏荔枝的就有四首,都是政治讽刺诗,最后一首:

> 侧生野岸及江蒲,不熟丹宫满玉壶。
> 寒瓲布衣驵背死,劳生重马翠眉须。

宫里的宠妃爱吃荔枝,弄得"寒瓲布衣驵背死",连马也受到祸害。这些绝句和上面已提到的《三绝句》、《虢国夫人》笔锋都指向了最高统治者。

　　杜绝的第二个特点是组诗多。三十一首五绝,组诗占二十三首;一百零七首七绝,组诗占八十余首。用组诗的形式写绝句,虽不是杜甫独创,王维、王昌龄、李白也都有组诗,而杜绝的组诗有两点最大的成就为其他同时代的作家所不及。

　　一是诗论诗评的绝句。《戏为六绝句》实际是一篇精湛的诗歌论文。《解闷十二首》五至八首也是论诗之作。绝句论诗,创于杜甫,给后世的影响很大,李商隐的《漫成》三首,元好问的《论诗绝句》三十首,直至清代厉鹗的论词论印绝句,近人夏承焘的论词绝句,都以《戏为六绝句》为之滥觞,可算得源远流长了。

　　这种组诗,形式很灵活,第一首未尽之意,第二首可以补充,连续起来,就能作长篇铺叙,发长篇大论,克服了短章的局限性。《戏为六绝句》第二首"王杨卢骆当时体"接着以第三首"纵使王杨操翰墨",就达到了对四杰完整评价的目的,所以它能写大的题材,含丰富的内容。

　　二是杜绝另一种组诗如《复愁十二首》、《夔州歌十首》、《解闷十二首》等,有感即书,一组诗内,能写几个主题,其中并没有内在的必要的联系。以《解闷十二首》为例:第一首从夔州风光说起,第二首说欲离蜀东游,第三首念旧,四至八首有感怀诗友,其中第七首插入自叙诗学,九至十二首借咏荔枝以讽时,是政治杂文。这类诗寓整于散,看去是即事兴感,想到什么就写什么,几个主题,互不相属。而我们读后,对当时的社会情况,杜甫的生活和思想情怀,爱祖国爱人民,怀念故旧的诚挚感情,都能有一个完整的理解,实为后世杂诗的先导,龚自珍的《己亥杂诗》多达三百一十五首,可以看做是这种组诗的流风余韵。

　　学习人民语言,可算杜绝的第三个特色。口语、方言、民歌、竹枝词,丰富了杜甫绝句的语言,增添了朴素新鲜的韵味,《漫兴九首》之三:

熟知茅斋绝低小，江上燕子故来频。

衔泥点污琴书内，更接飞虫打着人。

完全是口语，读来却倍觉亲切妩媚。《书堂饮既夜复邀李尚书下马月下赋绝句》：

湖月林风相与清，残尊下马复同倾。

久判野鹤如霜鬓，遮莫邻鸡下五更。

"遮莫"意犹"尽管""尽教"是方言，人家认为这种诗"鄙俚"，我们却感到韵致。

李白、王昌龄的七绝，也向民歌学习，但在词语方面，施以文雅的加工，在声调方面，恪守律化的平仄，杜甫却比李、王更能"解放思想"，不守故常，人家说杜绝非本色当行，终是别调，我们说绝句源于民歌，杜绝最称得上正统本色，诋杜绝为别调，本末倒置矣。

现在谈谈杜绝和竹枝词。

提起竹枝词，就使人联想到白居易和刘禹锡，刘、白二人均仿作过竹枝词，竹枝对二人的词作确有很大影响，然而第一个学习竹枝词的却是诗圣杜甫。

杜甫有一首谈到竹枝的诗，过去被人忽略了，我们应该珍视。《奉寄李十五秘书文嶷二首》之一：

避暑云安县，秋风早下来。

暂留鱼复浦，同过楚王台。

猿鸟千崖窄，江湖万里开。

竹枝歌未好，画舸莫迟回。

这是杜甫促友人李十五秘书同下三峡的诗，此时杜住鱼复，李往云安,"竹枝歌未好,画舸莫迟回",可见李去云安与竹枝歌有关。他们两人是否曾经研究要调查搜集夔州一带的竹枝词,尚无可靠资料,但杜甫重视竹枝词的学习是可以肯定的。

过去不少诗评家看到了竹枝和杜甫诗歌的关系。

黄庭坚《跋刘梦得竹枝歌》,是研究杜绝与竹枝的一个重要资料。跋文说:"刘梦得竹枝九章,词意高妙,元和间可以独步。道风俗而不俚,追古昔而不愧,比之杜子美夔州歌可谓同工而异曲也。昔东坡常咏第一篇,叹曰'此奔轶绝尘不可追也。'"苏轼、黄庭坚认为刘禹锡的竹枝词,词意高妙,奔逸绝尘。杜甫夔州歌可与比美。

刘禹锡《竹枝词》有一篇短序:"四方之歌,异音而同乐。岁正月,余来建平,里中儿联歌竹枝,吹短笛,击鼓以赴节。歌者扬袂睢舞,以曲多为贤。聆其音,中黄钟之羽。其卒章激讦如吴声,虽伧佇不可分,而含思宛转,有淇濮之艳。昔屈原居沅湘间,其民迎神,词多鄙陋,乃为作九歌,到于今,荆楚鼓舞之。故余亦作竹枝词九篇,俾善歌者扬之,附于末。后之聆巴歈,知变风之自焉。"从序文中我们知道竹枝词是且歌且舞的民歌,吹笛击鼓伴奏。声调与黄钟律的羽调相合。

刘禹锡效法屈原,对巴渝的竹枝歌的鄙陋之词进行了修改加工,创造出一种新的七绝——文人的竹枝。有很大的成就和贡献。杜甫则学习竹枝词,吸取民歌的养分,于盛唐诸名手之外,另辟蹊径,创造了独具风格的七绝,使七绝更接近民歌,成就和贡献,比刘禹锡更高一层。

拗中取峭,音韵怨咽,是竹枝词的特点,这特点和杜诗"沉郁顿挫"的风格非常切合。宋黄庭坚的绝句,元杨维桢的乐府,都继承了杜甫的这种拗峭沉郁的诗风。

学习人民语言,是杜诗取得伟大成就的一个重要原因。元稹说:"杜甫天才信绝伦,每寻诗卷得情亲。怜渠直道当时语,不着心源傍古人。"当时语,便是人民的语言。

变化多端、风格多样，也是杜甫绝句的一大特色。

杜绝中有一种短束式的诗，语意直率，如话家常，这些小诗大都写于营建草堂的时候。

杜甫有很多写当地景物和人情风俗以及个人生活情况的绝句，如《江上独步寻花七绝句》、《绝句漫兴九首》以及《夔州歌》、《复愁十二首》中的一部分。不矜才使气，不用事逞博，用素描的写法，通俗的语言，读起来不感到浓艳耀眼、浓香扑鼻，而是清气怡人，倍觉亲切。《三绝句》也就是这类：

> 秋树馨香倚钓矶，斩新花蕊来应飞。
> 不如醉里风吹尽，可忍醒时雨打稀。

> 门外鸬鹚去不来，沙头忽见眼相猜。
> 自今已后知人意，一日须来一百回。

> 无数春笋满林生，柴门密掩断人行。
> 会须上番看成竹，客至从嗔不出迎。

读来如嚼橄榄，清香可口，回味愈甘。杨慎说："秋树三绝句，格调既高，风致又韵，真可一空唐人。"可谓知音。

在语言运用方面，杜甫既突破律化而又以律句入绝，杜绝有通体骈词俪句的，有骈散兼行的，也有纯用散文句法或民谣口语的。大家熟悉的《绝句四首》之三，就是四句皆对："两个黄鹂鸣翠柳，一行白鹭上青天。窗含西岭千秋雪，门泊东吴万里船。"。有人说四句，只写了四样景物，不相连续，不知四景有上有下，有远有近，而第四句寓有"老夫乘兴欲东游"意，诗中有我，绕摄全篇。《夔州歌》第一首，更是穷极变化之能事："中巴之东巴东山，江水开辟流其间。白帝高为三峡镇，瞿塘险过百牢关。"首句七字皆平，近体中罕见；第二句也平仄不谐,这两句很像古民谣。三四两句转用对偶,笔健句雄,声调昂扬,全诗拗峭雄伟,状夔州高险之势,有声有色。

杜绝有的劲健,有的冲淡,有的豪放,有的悲慨;有的绮丽如春花,有的朗洁如秋月,有的大气磅礴,议论纵横,濡染大笔何淋漓;有的风神挺秀,声调和谐,清词丽句必为邻。

胡虏何曾盛,干戈不肯休。

闾阎近小子,谈笑觅封侯。

——《复愁十二首》之六

禄山作逆降天诛,更有思明亦已无。

汹汹人寰犹不定,时时斗战欲何须。

——《河北诸节度入朝口号十二首》之一

这类词读之愤慨。

每恨陶彭泽,无钱对菊花。

如今九日至,自觉酒须赊。

——《复愁十二首》之十一

江上被花恼不彻,无处告诉只颠狂。

走觅南邻爱酒伴,经旬出饮独空床。

——《江畔独步寻花七绝句》之一

读这些诗,感到闲适。

秋风袅袅动高旌,玉帐分弓射虏营。

已收滴博云间戍,欲夺蓬婆雪外城。

——《奉和严公军城早秋》

东逾辽水北滹沱，星象风云喜共和。

紫气关临天地阔，黄金台贮俊贤多。

——《口号绝句十二首之九》

前一首语气重实，后一首语气虚灵，但都豪壮如虹，读之振奋。

杜绝一百三十八首，数量不算很多，而内容非常丰富，风格变化出奇。正如王安石所说的："悲欢穷泰，欲敛抑扬，疾徐纵横，无施不可。故其诗有平淡简易者，有绵丽精确者，有严重威武若三军之中者，或奋进驰骤若聚羁之马者，有淡泊闲静若山谷隐士者，有风流蕴藉若贵介公子者：盖其诗绪密而意深……此甫所以说光掩前人而后来无继也。"空前绝后，世无此理亦无此人。至丰富多彩，则杜甫的诗，当之无愧，绝句亦然。

"子美集开诗世界"。王禹偁这句话最能够说明杜绝对后世的影响。

王禹偁就有一个有趣的学杜故事："王元之在商州，尝赋诗云：'两株桃杏映篱斜，装点商州刺史家。何事春风容不得，和莺吹折数枝花。'其子嘉祐谓后二句颇与杜语相似，欲请易之。元之欣然更为诗曰：'本与乐天为后进，敢教杜甫是前身。卒不复易。'"似杜语指的是《绝句漫兴九首》之二："手种桃李非无主，野老墙低还似家。恰似春风相欺得，夜来吹折数枝花。"

高斋诗话也有一则关于苏轼学杜绝的："东坡题真州范氏溪堂诗：'白水满时双鹭下，绿槐高处一蝉吟。酒醒门外三竿日，卧看溪南十亩阴。'盖用老杜诗意也。"（指两个黄个鸣翠柳一绝）。

宋以后论绝句多尊盛唐，而写绝句多学杜甫，即学二王，李白者也兼学杜甫，这是个耐人寻味的问题。"盛唐一味秀丽雄浑，杜则精粗、巨细、巧拙、新陈、险易、浅深、浓淡、肥瘦、靡不毕具。参其格调，实与盛唐大别。其能荟萃前人在此，滥觞后世亦在此。"这句话是有道理的。

绝句构成的组诗特多,如全部是含蓄春容之作,倒显得单调,间入一两首古拙拗峭的则相映增辉,倍有情致。至于漫兴式的杂诗、抒情叙事、说理、议论、无所不宜,当然也是杜绝所以牢笼百代的重要原因。

　　陆游是绝句最多,功深诣极的诗人。他的组诗,往往于清新飘逸之中,间以遒劲顿挫之笔,如《感事》四首:

　　　　　鸡犬相逢三万里,迁都岂不有关中?
　　　　　广陵南幸雄图尽,泪眼河山夕照红。

　　　　　　　　　　又

　　　　　堂堂韩岳两骁将,驾驭可使复中原。
　　　　　庙谋尚出王导下,顾用金陵为北门!

　　　　　　　　　　又

　　　　　渭上昼昏吹战尘,横戈慷慨欲忘身。
　　　　　东归却作渔村老,自误青春不怨人。

　　　　　　　　　　又

　　　　　扪虱当时颇自奇,功名远付十年期。
　　　　　酒浇不下胸中恨,吐向青天未必知。

　　这四首绝句多用重笔,第二首平仄不谐,却有增益全诗气韵沉雄,跌宕生姿的作用。我们再看陆游的《探梅二首》之一:

　　　　　半吐幽香特地奇,正如官柳弄黄时。
　　　　　放翁颇具寻梅眼,可爱南枝爱北枝。

　　这脱胎于杜甫的《江畔独步寻花七绝句》第五首:

黄师塔前江水东,春光懒困倚微风。
桃花一簇开无主,可爱深红爱浅红?

题材类似,风格仿佛,一目了然。

清代神韵派的大师王士禛,也是绝句名手,他是不尊崇杜甫的,他的《真州绝句》之一:

江干多是钓人居,柳陌菱塘一带疏。
好是日斜风定后,半江红树卖鲈鱼。

这是渔洋集中出类拔萃的名篇,我们试看杜甫《解闷十二首》第一首:

草阁柴扉星散居,浪翻江黑雨飞初。
山禽引子哺红果,溪女得钱留白鱼。

就清楚地看出王诗是模仿杜诗的,王诗词句清丽,声调和谐,但杜诗的画面更广阔多采,也更饶自然的姿致。

一个王孟派的诗人,学习杜绝,而且真正地神韵,还略输老师一筹,这就充分说明了:杜甫的绝句造诣高,成就大,影响后世极为深远。

杜甫的诗广泛地反映了唐王朝由盛而衰的社会面貌,真实地再现了这个时期历史事实,不愧诗史的称号。他对时代又有深刻的认识,提示了人民的痛苦,诗歌是他评论国家政治、经济、军事的手段,政治倾向性非常鲜明。

杜诗在艺术上的成就为历代所推崇,善于学习继承,敢于创造革新,风格变化多样,以博大精深的思想内容和细致入微的表现方法相结合,达到了我国古典现实主义前所未有的高峰。

他的绝句大部分写于思想和艺术都极为成熟的晚年，既有千锤百炼之篇，又有挥洒自如之作，大都质朴通俗，时入议论，兼盛唐诸家之长而有其独到之处。

有人说绝句是杜甫各种诗体中比较薄弱的环节，也不尽然。就其用功之深，造诣之极，也许略逊他的七律，就其变化之妙，影响之大，较之七律，亦无多让。至于古体和五律，杜甫也无不登峰造极，但前人和他同时代的作家，还有可与他争雄并驾的。至于绝句，独创文论，首学竹枝，联章叠句而克服短章的局限性，扩大绝句的功能，不能不让杜绝独步。

全面论述杜甫的绝句是一项艰巨而复杂的工作，限于这篇短文的篇幅特别是个人水平，远远没有完成任务，诚恳地希望得到师友和读者的教益。

古典诗词鉴赏

（一九八〇年）

文艺欣赏是一种艺术思维活动。在这一种精神活动中，人们感受到真、善、美的事物，会兴起愉快、满足、奋发的感情，会激起追求美好的生活、高尚的品德和情操的强烈愿望。好的歌曲、好的绘画、好的电影，都有这个作用。诗歌欣赏，给人的美感更深，起的作用更大。

古典诗歌，是语言艺术中的珍品。它，内容包罗万象，感情激动强烈，想象丰富奇特，形象鲜明生动，意境深远优美。它能把欣赏者带到各种美的意境中去。

描绘祖国河山壮丽的诗篇，读之如游高山大川，如揽名胜古迹。李白《望庐山瀑布》、苏轼《题西林壁》，使读者仿佛身入庐山，步至香炉峰下，仰观瀑布如银河倒挂。读柳永《望海潮》和苏轼《饮湖上初晴后雨》，宛然神游于"三秋桂子，十里荷花"，晴雨咸宜的西子湖上。

"味摩诘之诗，诗中有画；观摩诘之画，画中有诗。"（《东坡志林》）不仅王维的诗如此，许多好诗都是如此。杜牧《山行》："远上寒山石径斜，白云深处有人家。停车坐爱枫林晚，霜叶红于二月花。"诗人的车子在一条伸向寒山的欹斜的石径上逶迤前进，远望白云铺絮，掩映着几处人家，夕阳散绮，霜叶绯红，交相焕彩，胜似二月鲜花。诗人被吸引住了，停车领略，吟成这首传诵千古的名篇。多美的诗！多美的画面！

山：有横空出世、阅尽人间春色的莽昆仑；有万仞摩天，荡胸生层云，决眦入飞鸟的泰山；有云霞明灭，势拔五岳掩赤城的天姥；也有绾结湘娥十二鬟,白银盘里涌青螺的君山……

水:有远从天际来,奔流到海不复回的黄河;有波浪兼天涌,星河影动摇的长江;有涛似连天喷雪的钱塘;也有桃花灼灼水潺潺的武陵溪……祖国河山之美,诗歌中极尽千姿百态。

诗歌也会把人们带到悠扬的乐曲中。读白居易的《琵琶行》、李贺的《李凭箜篌引》、王实甫的《西厢记·琴心》,宛然在参加一次音乐晚会,听身怀绝技的乐师,演奏琴瑟琵琶,乐器的丝弦,紧扣着我们的心弦。

当我们读到王昌龄《采莲曲》:"荷叶罗裙一色裁,芙蓉照脸两边开。乱入池中看不见,闻歌始觉有人来。"欧阳修《渔家傲·采莲词》:"花底忽闻敲两桨,逡巡女伴来相访。酒盏旋将荷叶当。莲舟荡,时时盏里生红浪。花气酒香清厮酿,花腮酒面红相向。醉倚绿荫眠一响。惊起望,船头搁在沙滩上。"荷叶罗裙,莲花人面,碧波红浪,花气酒香,桨声咿哑,歌喉宛转。诗情画意歌声,不是浑然一体吗?

人们常常拿花比诗,这不是纸花,不是瓶花,而是含香带露的鲜花。它们有的是枝头春意闹的红杏,有的是亭亭净植出淤泥而不染的青莲,有的是鏖战西风,独傲严霜的黄菊,有的是暗香疏影飞雪迎春的寒梅……而赋予这些名花以高贵品格者正是诗人的锦心彩笔。诗比花更美,更可爱。

梦,往往是美的,而诗歌中的梦则更美。"梦里不知身是客,一晌贪欢。"满怀亡国之恨,终日以眼泪洗面的李后主,竟贪享梦里片晌的余欢。"春悄悄,夜迢迢,碧云天共楚宫遥。梦魂惯得无拘检,又踏杨花过谢桥。"以严峻著称的理学大师程颐,听到这几句小词,也放下他的岸然道貌而辗然微笑。"巧笑东邻女伴,采桑径里相逢。疑怪昨宵春梦好,元是今朝斗草赢。笑从双脸生。"(晏殊《破阵子》)一群采桑少女斗草的情致,天真的笑声,春天的田野,生趣盎然。其中一个兴致最高,笑声最清朗的姑娘正在回忆她昨宵的好梦,这是多么温馨的梦!

爱国诗人陆游的"六十年来万首诗"中,记梦中的诗有一百十三题,共诗一百三十五首。这些诗不仅情致绵绵,抑且悲歌慷慨。《十二月二日夜梦游沈氏园亭》:"路近城南已怕行,沈家园里更伤情。香穿客袖梅花在,绿醮寺桥春水生。""城南小陌又相逢,只见梅花不见人。玉骨久成泉下土,墨痕犹锁壁间尘。"八十一岁的老诗人对被迫离婚、死去五十多年的妻子仍然梦寐不忘,这种忠贞不渝的爱情何等高尚!诗人进入八十四岁的高龄,还在梦中慷慨高歌,挥戈杀敌,收复河山,而且坚信在他死后,梦境会成为现实。"山中有异梦,重铠奋雕戈。敷水西通渭,潼关北控河。凄凉鸣赵瑟,慷慨和燕歌。此事终当在,无如老死何。"(《异梦》)

美的意境,表现了纯诚的思想感情,坚毅崇高的品德节操,可以使人敦品励志,奋发图强。读屈原的《离骚》,诗人那强烈的政治热情和爱国主义精神,崇高的理想和坚强的斗志,谁不为之感奋!一九三六年,陈毅同志在赣南指挥游击战争。是年冬,梅山被围,他负伤重病,在丛莽中转战二十多天,处境极其艰险。他写了三首七绝在衣底,随时准备牺牲。这就是有名的《梅岭三章》:"断头今日意如何?创业艰难百战多。此去泉台招旧部,旌旗十万斩阎罗。""南国烽烟正十年,此头须向国门悬。后死诸君多努力,捷报飞来当纸钱。""投身革命即为家,血雨腥风应有涯。取义成仁今日事,人间遍种自由花。"革命前辈生为人杰、死作鬼雄的献身精神,革命胜利钢铁般的信念,鼓励着我们前进。

在"史无前例"的运动中,我挨过无数次批斗,手上至今还留下绳索捆缚的伤痕。开始我痛苦惶惑,消极悲观,一九六九年以后,坚持读书,渐有信心。我当时的日课就是背诵诗词,领略其韵味意境。屈子《离骚》,杜甫、刘禹锡、陆游、文天祥的诗,苏辛词都给了我力量,特别是毛泽东同志和鲁迅的诗词,使我从抑郁中解放出来,透过排空浊浪,看到皓月千里。"横眉冷对千夫指,俯首甘为孺子牛。"

"为有牺牲多壮志,敢教日月换新天。"更使我坚定了信念。那时,我也常写一些小诗寄托感情,记得一九七〇年春节,风雪弥漫,写了一组绝句,其中有两首道:"九天风雪漫无涯,独有幽芳颂岁华。力挽春光斗风雪,百花先进是梅花。""岁暮豪情欲赋诗,雪深炉烬渐难支。驱寒不用陶公酒,鲁迅文章主席词。"鲁迅文章主席词,教育着我,鼓舞着我,拯救了我。

诗歌欣赏涉及的问题十分广泛。这里只就欣赏者的主观因素谈几点体会。

一、解放思想,别有会心

欣赏诗歌,必须解放思想,才独具只眼,别有会心。

解放思想,就要深入钻研,敢于探讨前人没有解决的问题。要正确对待古代和现代的评论权威,既尊重他们的意见,吸取他们的研究成果,又不盲从,不迷信,不因循守旧,以求有所突破,有所发展。

文学史上的有些名篇,早已脍炙人口,但真正的含义和深邃的意境,并没有完全为人们理解和领会。如王维的《酬张少府》:

> 晚年唯好静,万事不关心。
> 自顾无长策,空知返旧林。
> 松风吹解带,山月照弹琴。
> 君问穷通理,渔歌入浦深。

这是王维回答张少府问穷通理的一首五律。前面六句将自己的生活和心境告诉了朋友,而答复问题只有"渔歌入浦深"一句。历来的评注者都说是"以不答答之"。颂扬者谓语带玄机,深有理趣,与"行到水穷处,坐看云起时"(《终南别业》)一样物我俱忘,讲得玄之又玄。批判者则说是半隐半仕的消极思想,却也只能在"万事不关心"上做文章不能击中要害。两者共同的问题是没有理解到"渔歌入浦深"这五个字概括了屈原《渔父》词的全文，渔父对屈原讲的话和最后唱的歌，就是王维对张少府既含蓄幽默又具体明白的回答。《渔父》是一篇非常形象且富有戏剧性的短文。写屈原流放，游于江潭，行吟泽畔时遇见渔父，渔父劝他随人清浊，随俗浮沉。屈原坚持自己的理想，宁肯葬身江涛，也不愿玷污高洁的品行。道不同不相为谋，渔父微笑着敲着船榜唱着歌走了。江上回荡着悠扬的歌声："沧浪的江水清呀清，可以洗涤我的头巾；沧浪的江水浊呀浊，可以洗涤我这双泥脚。"渔父的人生观，即王维要说的穷通理，不是非常明白吗？

古典诗歌中有些重大理论问题和评价问题需要重新研究。例如杜甫的绝句，就很有深入研究重新评价的必要。

杜甫，被尊为诗圣。誉为"诗人以来，未有如子美者"。但对他的绝句，历代诗论家多有微词，甚至说"子美于绝句无所解，不可法也。""盛唐长五言绝不长七言绝者孟浩然也；长七言绝不长五言绝者，高达夫也；五七言俱工者太白；五七言俱无解者杜陵。"（胡应麟《诗薮》）说杜甫不解绝句，是对这位伟大诗人的侮辱和冤枉。近人马茂元、夏承焘筹专家，对此提出了异议，有很多精辟的见解。但或认为"晚节渐于诗律细"是专指律诗而与他的绝句无关；或认为在杜甫诗中，绝句确是个比较薄弱的环节。这些也都还值得商榷。

杜甫绝句今存一百三十八首，其中五绝三十二首，七绝一百零六首。除《赠李白》"秋天相顾尚飘蓬"一首为早期作品外，馀均作于晚年。杜甫绝句的特点是内容丰富，风格多样，创造性强。一百三十八首中，有政论、史论、文论，有朋友赠答、书柬便条，有的写眼前物态，有的写生活心情，有的写人民疾苦……我曾从《全唐诗》中，把王昌龄、王之涣、王维、李白、李益、李商隐、孟浩然、岑参、高适、杜牧等绝句名手的作品钞录下来，和杜甫的绝句进行比较，从内容的广度和思想的深度看，没有一个比得上杜甫的。

说杜甫不工绝句，主要是从艺术风格上立论的。人们对绝句的要求是高华绵邈，淡远清微，所以认为王昌龄、李白是"天子"是"圣手"，而以杜甫为别调。不知杜甫是着意创新，别开生面，对高华清隽之作，"非不能也，是不为也。"他的《赠花卿》，杨慎评价说："此诗风华流丽，顿挫抑扬，虽太白、少伯（王昌龄），无以过之。"他的《江南逢李龟年》，也获得同样的称誉。黄生说："此诗与《剑器行》同意，今昔盛衰之感，言外黯然欲绝。见风韵于行间，寓感慨于字里，即使龙标（王昌龄）、供奉（李白）操笔，亦无以过。乃知公于此体，非不能为正声，直不屑耳。有目公七言绝句为别调者，亦可持此解嘲矣。"可见杜甫不是不能写出王昌龄、李白那样的绝句，而是别有创新的抱负。

　　清代的王士禛，也是绝句名手。他是不尊崇杜甫的。他的《真州绝句》之一：

　　　　　　江干多是钓人居，柳陌菱塘一带疏。
　　　　　　好是日斜风定后，半江红树卖鲈鱼。

　　这是被人传诵的名作。我们试读杜甫的《解闷十二首》其一：

　　　　　　草阁柴扉星散居，浪翻江黑雨飞初。
　　　　　　山禽引子哺红果，溪女得钱留白鱼。

　　就清楚地看出王诗是模仿杜诗的。我们能够说王诗青出于蓝、后来居上吗？如果认为王诗词句清丽，声调和谐，难道杜诗的画面不是更广阔多采吗？

　　毫无疑问，必须尊重权威；也要指出，不能做思想上的奴隶。尊重，就要全面地、认真地学习他们的理论，领会其精神实质；不做奴隶，就是对他们的理论和意见，通过学习，择其善者而从之。

毛主席给陈毅同志谈诗的信指出："宋人多不懂诗是要用形象思维的，一反唐人规律，所以味同嚼蜡。"这个说法是正确的。他指的是宋人的多数而不是所有的宋代诗人。可是某些人对此理解片面，对唐、宋诗不作深入的研究分析和比较，就轻率地全盘否定宋诗。鹦鹉学舌，语意不全，决不能算是正确的诗歌评论或会心的诗歌欣赏。

一般地说，唐诗多形象，宋诗多议论，唐诗贵创造，宋诗重模拟；宋诗不如唐诗，已有定评。可是为什么有这些区别？具体表现在哪些方面？宋诗和唐诗的继承发展情况怎样？各自对后世的影响怎样？这些都是比较复杂的问题，非深入研究不可。

从学习继承前人遗产说，唐人类能推陈出新，宋人往往点金成铁。庾信《游山》："涧底百重花，山根一片雨。"诚如黄庭坚所说，"有以尽登高临远之趣"。王维《送梓州李使君》开首四句："万壑树参天，千山响杜鹃。山中一夜雨，树杪百重泉。""山中""树杪"一联是从庾诗点化来的。而王诗承上两句蝉联而下，本联又用流水对，使万壑争流，千峰耸翠，古木鹃声，春山新雨之画面，栩栩呈现于读者眼前，意境更高出庾作之上。又如何逊《西塞山》："薄云岩际出，初月波中上。"写黄昏景色，清幽有致。杜甫《江边小阁》："薄云岩际宿，孤月浪中翻"，脱胎于何，是很显然的；然而状夜景更妍，特别是那个"翻"字，真有"振采欲飞，拈笔悦性"的妙用。这样的例子不胜枚举。

宋人则欧、王、苏、黄诸大家也难免食古不化，画虎类犬。徐陵《鸳鸯赋》："山鸡映水那相得，孤鸾照镜不成双。天下真成长会合，无胜比翼两鸳鸯。"黄庭坚《题画睡鸭》："山鸡照影空自爱，孤鸾照镜不成双。天下真成长会合，两凫相倚睡秋江。"模仿剽窃，了无新意。王维《从岐王过杨氏别业应教》有两句诗："兴阑啼鸟换，坐久落花多"。王安石酷爱此联，其《北山》诗："细数落花因坐久，缓寻芳草得归迟。"即仿维作，当时传为警句。然而相形之下，意境大有逊色。"坐久落花多"，诗人身临胜境，乐而忘返，坐久不觉其久，而落英缤纷,此境至美。王安石数落花因而坐久,已落下乘,若说因坐久而数落花,那就毫无诗意了。苏轼才高,笔下无不达之理,无难写之情。然其《次韵秦少章和钱蒙仲》诗:"山围故国城空在,潮打西陵意未平。"全袭刘禹锡《石头城》:"山围故国周遭在,潮打空城寂寞回"之句,则意境情韵,实比刘作差多了。这种事例,在宋诗中真是俯拾即是。

那么,宋代的诗人都不知形象思维吗?宋代的诗都味同嚼蜡吗?这样说显然是片面的、错误的。苏轼、陆游、杨万里、文天祥……都有很多传诵千古的名作。即以学习继承遗产这点说,宋人又何尝没有超出唐人的。温庭筠《商山早行》:"鸡声茅店月,人迹板桥霜。"状早行形象,写旅途辛苦,为历来传诵的名句。欧阳修激赏这两句诗,在其《张至秘校庄》诗中曾仿效为"鸟声梅店雨,野色柳桥春",确是索然无味。但我们读杨万里《庚子正月五日晓过大皋渡》那首七绝:"雾外江山看不真,只凭鸡犬认前村。渡船满板霜如雪,印我青鞋第一痕。"就感到诗中有人,比温作更加形象鲜明,感情亲切。"春眠不觉晓,处处闻啼鸟,夜来风雨声,花落知多少?"孟浩然的《春晓》写春晓初醒,颇为清隽,最后一个问句,将诗人耽心夜来风雨,落花太多,同时希望凋零较少的心情刻画入微。宋代女词人李清照的《如梦令》:"昨夜雨疏风骤,浓睡不消残酒。试问卷帘人,却道'海棠依旧。'知否?知否?应是绿肥红瘦。"题材意境,基本相同,寥寥几句对话,表达了女主人的惜花心事,神情口吻,惟妙惟肖,"应是绿肥红瘦",较之"花落知多少",不只工力悉敌,竟是略胜一筹。可见笼统地、不加分析地说宋诗味同嚼蜡,一棒子打死,恐怕是主观片面所致。

二、辩证观点,科学态度

辩证唯物论和历史唯物论的观点,实事求是,严肃认真的科学精神,是人们观察事物、分析问题、研究学问的基本准则和方法。诗歌欣赏自不例外,必须有辩证唯物观点,最忌主观片面,执著僵化。

袁枚说:"考据家不可与言诗。"这话有一定的道理,但是不全面。杜甫《古柏行》:"霜皮溜雨四十围,黛色参天二千尺。"沈括在《梦溪笔谈》里敲着算盘说:"四十围乃是径十尺,无乃太细长乎,皆文章之病也。"白居易《长恨歌》:"峨眉山下少人行,旌旗无光日色薄。"有人说明皇入蜀不经峨眉,白氏失于考据。这种考据家当然不可与言诗。《诗经·邶风·新台》:"鱼网之设,鸿则离之。燕婉之求,得此戚施。"两千年来,都把"鸿"释为鸟,一直讲不通诗义。经过闻一多考订"鸿"是虾蟆。诗言"设网本用捕鱼,结果捉到了一只虾蟆。"解开了长期的疙瘩,使我们能读懂这首好诗。我们能说闻一多这样的考据家不可与言诗吗?顾炎武可算得是清代考据学的开山大师,对订正古代诗歌的声韵和意义有很大贡献。他的诗作,低估也不在袁枚之下,顾炎武不足以言诗吗?

理学语不宜入诗,理学家不懂诗。此说同样要作全面分析。

理学家不懂诗,邵雍可算典型。"一阳初过处,万物未生时"。被称为《伊川击壤集》中的警句,有什么诗意?他的《生日吟》:"辛亥年,辛丑月,甲子日,甲戌辰。日辰同甲,年月同辛,吾于此际,生而为人"。这真是开天辟地以来未有之怪诗。完全是街头算命者的江湖口诀,岂只是"味同嚼蜡"而已!然而集理学大成的朱熹则不愧为诗人,写作、评论、欣赏,都可称出色当行。试看他的《观书有感》二首:"半亩方塘一鉴开,天光云影共徘徊。问渠那得清如许?为有源头活水来。""昨夜江边春水生,艨艟巨舰一毛轻,向来枉费推移力,此日中流自在行。"第一首以明镜般的清水池塘比书,以天光云影,源头活水比书中知识丰富和心地空灵、读书情趣。第二首写读书的两种境界。读书有得就像春水激涨,艨艟巨舰能够放乎中流,自在航行,而以前没有领悟,推移只是白费气力。邵雍只算是星相者流,朱熹则不愧为文学家,不能一概而论。

思想僵化的执著者不懂文学特点,不理解诗歌的形象和意境,不能谈欣赏。孟浩然"气蒸云梦泽,波撼岳阳城"之句,状洞庭之浩淼无涯,波涛之澎湃有势,千余年来争相传诵。而皎然却说:"自天地二气初分即有此六字(云梦泽,岳阳楼),假孟生之才加四字,何功可伐? 即欲入上流耶? 不知诗人的工力和功绩,正是这四字。如果按皎然的说法,古今中外,还有什么好诗(从全诗看,孟诗不是好诗)? 有哪一首诗不是已有的字词组成的呢? 苏轼的《惠崇春江晚景》:"竹外桃花三两枝,春江水暖鸭先知。蒌蒿满地芦芽短,正是河豚欲上时。"有人责难说:"鸭知,鹅不知耶?"同这种人谈诗,岂非对牛弹琴? 许顗批评杜牧《赤壁怀古》:"东风不与周郎便,铜雀春深锁二乔",是社稷存亡,生灵涂炭都不问,只恐捉了二乔,可见措大不知好恶。杨慎说杜牧《江南春》"千里莺啼绿映红,水村山郭酒旗风","千"字是"十"字之误。这样执著的冬烘头脑,是无缘享受诗歌欣赏的幸福的。(不是说杨慎、许顗不懂诗)。

缺乏实事求是的科学精神,穿凿附会,强作解人,更是欣赏诗歌之大忌。有的诗词,表面是写景抒情,实际是感时言政,确有寄托;但是也有只写风光或爱情的诗词,并无寓意,牵强附会去追求别有深意所在,就会造成理解上的混乱。

王国维《人间词话删稿》有这样一段:"固矣哉,皋文之为词:飞卿《菩萨蛮》、永叔《蝴蝶花》、子瞻《卜算子》、皆兴到之作,有何命意? 皆被皋文深文罗织。阮亭《花草蒙拾》谓'坡公命宫磨蝎,生前为王珪、舒亶辈所苦,身后又硬受差排。'由今观之,受差排者独一坡公已耶?"这里,王国维指出张惠言把温庭筠、欧阳修写闺情的词,苏轼借孤鸿不肯高栖梧桐,宁宿冷寂沙洲,来表达自己宁受谪迁不肯趋附的词,都说成是政治诗,是对诗人的深文罗织和折磨,值得我们深思。

前几年,注释和讲解毛主席诗词,牵强附会,达到了惊人的程度,往往歪曲原意,甚至歪曲历史。如毛主席一九三〇年七月所作的《蝶恋花·从汀州向长沙》,过去解释这首词的人几乎异口同声说是抵制立三路线的史诗。有人还挖空心思说，题目不用攻长沙而向长沙，一个"向"字，就可以看到反立三路线的坚决。突出路线斗争，可谓用心良苦。然而只能受到历史的嘲笑。历史的真实究竟怎样呢？毛泽东同志对立三路线一开始就怀疑，这从他一系列的著作中可以看到。他坚信中国革命只有走农村包围城市最后夺取城市的道路，认为攻打大城市，搞中心城市大暴动是不适宜的。可是他又确曾一度执行立三路线，到第二次攻长沙以后才坚决反对立三路线。这是有大量翔实的历史资料的（有关史实见《历史研究》1979 年第 10 期）。违反历史事实去注释讲解《毛主席诗词》，貌似崇敬领袖，实则是对诗意的误解，对历史的歪曲，也是违反毛泽东思想的。

三、博览群书、融会贯通

"读书破万卷，下笔如有神。"这是诗圣杜甫的经验之谈。写诗，评诗，欣赏诗歌，最根本的是要深入生活，但博览群书也是一个不可缺少的条件。读书多，积理富，就能提高欣赏诗歌的能力和水平，能够收到融会贯通的效果；反之，就难领会深透，甚或误入迷途。

《离骚》："启九辩与九歌兮，夏康娱以自纵。不顾难以图后兮，五子用失夫家巷。"这几句的注释，各家聚讼纷纭。玉逸、洪兴祖、朱熹均说"失"为失国，实不足据。清代王引之说："失字为衍文，'巷'读为'閧'，'五子'即'五观'或武观。五子用夫家巷，言五子作乱内閧"。郭沫若同意此说。五十年代初，我读了一段时间《楚辞》，也持此说。但认为失字不是衍文而系先字之讹。后读武延绪《楚辞札记》还只觉得自己的说法与武氏偶合。去年《社会科学战线》第三期发表了于省吾同志《泽螺居楚辞新证》，于认为"失夫家巷"的"失"字，应读"佚"，"失"是"佚"的古文。"启九辩与九歌兮，夏康如以自纵"，是说夏代自启以来，康如恣纵。"不顾难以图后兮，五子用佚夫家巷。"是说五子不顾国有危难，不为后世图谋，只贪求目前享受，佚乐夫家巷，与上文一意相贯，文从字顺。于说征引详赡，说理明析。从王逸一直到郭沫若都没有解决的问题，有了一个正确的解释。这事使我深受启示，懂得学诗要以多读书为基础。

也许有人以为涉及掌故、名物、训诂的当然要博览群书，若是白描或词出义明的诗歌就不一定，但事实完全不是这样。陆游《剑门道中遇微雨》："衣上征尘杂酒痕，远游无处不销魂。此身合是诗人未？细雨骑驴过剑门。"这是大家很熟悉的一首好诗。我童年就能背诵，后来在教学中讲过多次，直到最近重温陆放翁全集后，才算真的有了一点体会。

八百年来，读此诗的人都说陆游以诗人自况。有这样一说：细雨骑驴过剑门才是诗人，骑马就不是诗人了。为什么？没有说出理由。钱锺书书先生注释这首诗说：韩愈《城南联句》"蜀雄李杜拔"，把李杜居蜀和他们的诗歌造诣联系起来。宋代人认为杜甫和黄庭坚入蜀以后，诗歌达到登峰造极的境界。另一方面，李白有华阴县骑驴的故事。杜甫《上韦左丞丈》诗有"骑驴三十载"的句子；唐以后流传有李杜骑驴图。还有贾岛骑驴赋诗的故事，郑启"诗思在驴背上"的名言，仿佛驴子是诗人特有的坐骑，于是入蜀道中，驴背上的陆游，就得自问一下究竟是不是诗人的材料？征引可谓博洽，可惜没有道出诗人心事，也就未能领悟诗的真义。朱东润的《陆游传》写道："在南郑的时候，自己总想做一个英雄，和猛虎斗争，和敌人作战，渭水的强渡，散关的坚守。这一切为的是什么？只是为了骑着驴子，踱进剑门关，和唐代那些消闲的诗人媲美吗？陆游不禁失笑"。朱先生算是得窥个中消息，但说"陆游和自己开了一个玩笑"，也还是失之眉睫。

陆游从军南郑，壮怀激烈，图以此为根本，渡渭水，取长安，清河洛，靖房尘。"国家四纪失中原，师出江淮未易吞。会看金鼓从天下，却用关中作本根。"（《南山行》）"多情谁似南山月，特地暮云开。灞桥烟雨，曲江池馆，应待人来。"（《秋波媚》）当时的形势，陆游认为取长安是指顾间事。可是英雄的理想破灭了，宣抚使王炎调回临安，陆游也要离开南郑去成都任安抚司参议官，"渭水秦关元不远，着鞭无日泪纵横。"《剑门道中遇微雨》便是陆游离开南郑去成都途中之作，看似清新俊逸，实是悲壮苍凉，小诗当哭。征尘酒痕的衣上，正不知有多少血泪；无处不销魂，正是"兵魂销尽国魂空"。五年以后，诗人在其《夏夜大醉醒后有感》中写道："……客游南山夜望气，颇谓王师当入秦。欲倾天上河汉水，净洗关中胡虏尘。那知一旦事大谬，骑驴剑阁霜毛新。却将覆毡草檄手，小诗点缀西州春。……"我们能够说作者只是在考虑"此身合是诗人未"吗？显然不是；这是悲愤填膺的控诉。"辜负胸中十万兵，百无聊赖以诗鸣。谁怜爱国千行泪，说到胡尘意不平！"才是诗的感情，诗的意境。不读放翁全集，不读宋史，就不可能读懂这首七绝。

比较是鉴别事物质量的一种有效方法，对品评和欣赏诗歌也很适用。有些构思或意境类似的作品，一经比较，就可看出或是渊源有自，或是异曲同工，或者瑕瑜在毫发之微，或者高下如天壤之别。柳宗元《与浩初上人同看山寄京华亲故》：

　　　　海畔尖山似剑铓，秋来处处割愁肠。
　　　　若为化得身千亿，散立峰头望故乡。

陆游《梅花绝句六首之三》：

　　　　闻道梅花坼晓风，雪堆遍满四山中。
　　　　何方可化身千亿，一树梅花一放翁。

两诗构思基本相同，柳写去国怀乡之愁，境极凄苦；陆写托兴爱梅之志，情致飘逸。意境不同而各有其感人的艺术魅力，都是佳作。

陈与义"客子光阴诗卷里，杏花消息雨声中。"（《怀天经智老因访之》）陆游"小楼一夜听春雨，深巷明朝卖杏花。"（《临安春雨初雾》)纳兰性德"深巷卖樱桃,雨馀红更娇。"(《菩萨蛮》)三首诗词仿佛一脉相承,但并不使人感到雷同因袭,且都生机流畅,春意盎然,正如幽兰澹菊,都是名花,不容轩轾。

我们试再比较三首写杏花春色的七绝:

> 平桥小陌雨初收,淡日穿云翠霭浮。
> 杨柳不遮春色断,一枝红杏出墙头。
>
> ——陆游《马上作》
>
> 应怜屐齿印苍苔,小扣柴扉久不开。
> 春色满园关不住,一枝红杏出墙来。
>
> ——叶绍翁《游园不值》
>
> 谁家池馆静萧萧,斜倚朱门不敢敲。
> 一段好春藏不尽,粉墙斜露杏花梢。
>
> ——张良臣《偶题》

陆游的诗描绘雨过天晴,走马平桥小道,道旁碧柳笼烟,忽见深深庭院,一枝红杏挺出墙头,行人如入画图中。叶诗自陆诗脱胎而出,第四句只换了一个字,而点题醒豁、形象鲜明。可谓和璧夜光,并呈异彩。如必要辨析微芒,则叶诗"小扣柴扉久不开"七字写出游园者之态度雍容,园主人外出未遇。第三句集中写园内春色,语极清警,"关不住"三字引出第四句,并将游者虽不得入园,却已领略满园春色之情状画出,倍见工力,说比陆诗略为精彩,也非过誉。至于张作则"一段"、"粉墙"均系可有可无的闲字,"斜倚朱门不敢敲"情态颇为尴尬,有失诗人身份,较之陆叶二诗远为逊色。

杜甫《缚鸡行》是千古名作,其结语"鸡虫得失无了时,注目寒江倚山阁。"写诗人沉思尘世得失之争,及倚阁望江的沉思形象,既刻画入微,又含蓄有致,真是妙不可言。李德远赋《东西船行》,思想内容和艺术形式,全仿杜作,结语"东西相笑无已时,我自行藏任天理"，更将诗意破坏无余。这两篇作品比较起来，就显得乌鸦凤凰，物非其类了。

　　不少名篇警句，是从前人的诗文移植过来的，经过惨淡经营，进一步提高了艺术表现水平，意境韵味更臻完美，我们如果知道它的来历，也就体会愈深。《水经注》写三峡一段文字，饶有诗情画意："自三峡七百里中，两岸连山，略无阙处，重岩叠嶂，隐天蔽日……至于夏水襄陵，沿溯阻绝，或王命急宣，有时朝发白帝，暮宿江陵，其间千二百里，虽乘奔御风，不以疾也。……每至晴初霜旦，林寒涧肃，常有高猿长啸，属引凄异，空谷传响，哀转久绝。故渔者歌曰：'巴东三峡巫峡长，猿啼三声泪沾裳。'"李白的绝唱《下江陵》(《早发白帝》)将它浓缩为二十八字，而朝发白帝，暮宿江陵，乘奔御风，一泻千里之势；重岩绝巘，怪木飞泉，绿潭倒影，寒林猿啼之景，尽入诗中，尤为神奇的是与人以乐观轻快之感，不像读《水经注》那样感到凄寒。摄影传声，既使人惊心动魄，又使人神情奋飞。这种典型化的艺术匠心，怎不叫人五体投地？

　　杜甫《登岳阳楼》"吴楚东南坼，乾坤日夜浮"一联，气象闳放，有吞纳云梦的胸次。溯其源流，未必与曹操《观沧海》"日月之行，若出其中"无关。可能就因为这点，曾有人说"乾坤日夜浮"有似咏海。然而《水经注》早有"洞庭湖广五百里，日月若出没其中"的话。可见杜句正是洞庭本色，说"有似咏海"的人只知其一，不知其二罢了。

　　要比较，要溯源，要深得三昧，就非博极群书不可。

四、长吟苦思，设身处地

　　我国古典诗歌和音乐有非常密切的关系，最早的诗歌总集《诗经》又称《乐经》。《楚辞》大都可以歌唱。汉魏六朝的乐府诗就是当时的乐章。唐诗是古典诗歌的精华，很多诗篇特别是绝句多可被之管弦。旗亭画壁的故事就是酒楼上的女艺人歌唱王昌龄、高适、王之涣几位诗人所作绝句的记载。王维的《渭城曲》谱成了《阳关三叠》。李白、李贺的集子名为《李太白歌诗》、《李长吉歌诗》。宋词、元曲，更是配合乐调歌唱的文学形式。不少诗人能唱，有的还是音乐大师。刘禹锡作《竹枝词》、《杨柳枝词》，并能倚声歌唱。周邦彦、姜夔均精通音律。"自作新词韵最娇，小红低唱我吹箫。曲终过尽松陵路，回首烟波十四桥。"这是姜夔本人的生活实践。

由于诗歌与音乐有如此深切的血肉关系，诗歌作者往往通过长吟苦思来创造意境和韵味。所谓千锤百炼，就是反复吟咏思考不断修改提高。而欣赏者也必须运用这种方法来领会。"陶冶性灵存底物，新诗改罢自长吟。熟知二谢将能事，颇学阴何苦用心"（杜甫《解闷十二首其七》）"自长吟"、"苦用心"这是杜甫总结写作经验的现身说法。"山围故国周遭在，潮打空城寂寞回。淮水东边旧时月，夜深还过女墙来。"刘禹锡这首《石头城》是他的《金陵五题》的第一首。诗前小引有这样几句话："适有客以金陵五题相示，逖尔生思，歘然有得。他日友人白乐天掉头苦吟，叹赏良久，且曰：石头诗云：'潮打空城寂寞回'，吾知后之诗人不复措词矣。"这个诗坛逸事，告诉我们"苦吟"是欣赏诗歌的重要方法之一。白居易对金陵五题非常叹赏，认为"潮打空城"一句，独绝千古，将使后人搁笔，就是他"掉头苦吟"后的评价。沈德潜也称赞此诗可与王昌龄之"秦时明月"，王之涣之"黄河远上"，王维之《渭城》，李白之《白帝》一同列入唐人七绝压卷之作。（《说诗晬语》）他还说："只写山水明月，而六代繁华，俱归乌有，令人于言外求之。"（《唐诗别裁》），让我们也于"苦吟"中来求得它的言外之意吧。四周山在故国已成陈迹，潮打石城只有寂寞的回声，曾照金粉六朝的"旧时月"仍照着今日的荒城，更显得特别凄凉。"六代繁华，俱归乌有"的言外意，就在这些形象中产生。江潮拍打石头城，本会卷起千堆雪浪，有千军万马的声势，为什么回声竟是那样寂悄；这种似乎反常的景象，就更反衬出"六代豪华，春去也，更无消息"的荒凉。当我们反复沉吟这句诗时，声调也自然渐转呜咽。

《鲁迅日记》一九三三年一月二十六日："……又戏为邬其山先生书一笺云：'云封胜地护将军，霆落寒村戮下民。依旧不如租界好，打牌声里又新春。'已而毁之，别录以寄静农，改'胜地'为'高岫'，'落'为'击'，'戮'为'灭'也。"（未记改"依旧"为"到底"。）我们试把原诗和修改后的诗朗吟几遍，就会感到"击"字比"落"字、"灭"字比"戮"字分量重得多。怒斥反动派的力量也大得多，全诗的声调气势也更激昂雄伟。我想，鲁迅当时也有"新诗改罢自长吟"的过程吧？

清代书法家兼诗人何绍基说："至古人作诗，原为被之管弦，播之乐府，后来乐府与诗家分路，然试取两京、六朝、唐、宋大家诗篇读之，无不音节圆足，声情茂美；间有近于木拙者，然细绎低讽之，亦自有朱弦三叹之妙。……梅村歌行，兼学少陵香山，然杜白之作，愈唱愈高，而梅村愈唱愈低，徒觉词烦而不杀，以无真理、真识、真气也。……至于自家作诗，必须高声读之。理不足读不下去，气不盛读不下去，情不真读不下去，词不雅读不下去，起处无用意读不起来，篇终不混茫读不了结。真个可读，即可管弦乐府矣，可管弦乐府方是诗。"（《与汪菊士论诗》）这段议论充分说明吟咏是作诗和评诗的重要方法。

有些匠心独运的绝唱，不仅格高韵响，甚至一字镕锤，出神入化，非殚思竭虑，不能领悟。毛主席《沁园春·长沙》上阕：

独立寒秋，湘江北去，桔子洲头。
看万山红遍，层林尽染；漫江碧透，百舸争流。
鹰击长空，鱼翔浅底，万类霜天竞自由。
怅寥廓，问苍茫大地，谁主沉浮。

能背诵这首词的何止千千万万，讲解注释的也有千百家。但"鹰击长空，鱼翔浅底"那个"翔"字，总没有一个圆满确切的解答。

我们都知道"鹰击长空,鱼翔浅底"是从《诗经·大雅·旱麓》:"鸢飞戾天,鱼跃于渊"两句点化来的。描绘雄鹰在万里长空鼓翅盘旋,忽地电掣般奋迅下击;鱼群在清澈见底的江水中自如地游动。可是为什么不说鱼"游",鱼"跃"而说鱼"翔"? 显然诗人是经过深思熟虑才选定的。我曾探索此中奥妙,首先从训诂方面考虑:"翔"字的一个意义是盘旋而飞;另一义是张开两臂行走之状。《礼记·曲礼上》:"室中不翔。"郑玄注:"行而张拱曰翔。"也是从盘旋而飞中引来的。我想"鱼翔"可能是说鱼群像一伙做游戏的孩子,天真活泼张开臂膀在回旋行走。这个比喻很形象,但还不够准确。故"翔"字仍然经常在脑子里占着思索的地位。也是在一个寒秋的黄昏,散步于南湖之滨,俯见湖底天光云影,一碧万顷,而且时有鸟影在云影上掠过。我对"鱼翔"的形象,豁然忽有所得。寒秋的湘水,漫江碧透,清澄见底,水中倒映着天光云影,水中鱼群自在游泳,仿佛在云影中飞翔,要说像一群顽皮的孩子,张臂作室中飞行形象也是十分动人的。我顿时浮想联翩,记起辛弃疾的词句:"溪边照影行,天在清溪底。天上有行云,人在行云里。"(《生查子·独游两岩》)这不是"鱼翔浅底"最好的注释和旁证吗? 我还想到这个"翔"字,把《庄子·秋水》知鱼乐于濠梁之上的故事,柳宗元《小石潭记》描写鱼那段精彩的文字,都融化进去了。

欣赏是再创作的过程。要识诗中三昧,真正领悟其意境情韵,欣赏者就要与作者"心有灵犀一点通"。做作者的文章知己。《文心雕龙·知音》:"知音其难哉! 音实难知,知实难逢,逢其知音,千载其一乎!""设身处地"是知音的一个重要方面。

同是临眺洞庭,孟浩然《临洞庭赠张丞相》道:

八月湖水平,涵虚混太清。
气蒸云梦泽,波撼岳阳城。
欲济无舟楫,端居耻圣明。

坐观垂钓者，徒有羡鱼情。

杜甫《登岳阳楼》写道：

昔闻洞庭水，今上岳阳楼。
吴楚东南坼，乾坤日明浮。
亲朋无一字，老病有孤舟。
戎马关山北，凭轩涕泗流。

过去有人说两诗足以相敌，实是皮相之见。两诗都是前四句写景后四句写情，这是相同之处。颔联写洞庭浩瀚雄伟，并称警句，谓可匹敌，未为不可。但后两联则高下分明，不能相提并论了。孟诗写的是希望得到权贵授引之情，虽比一般摇尾乞怜的干禄诗略见高明，而与前面写景的壮阔意境不仅很不协调，且起了破坏作用，人品诗品，均不足取。杜诗则迥不相同，作者半生遭际干戈动乱，感情颇为沉郁，但忧国忧民的襟怀，使他把个人的命运和人民的命运紧连在一起。前半写景，极尽壮观；五六句写孤舟老病，亲朋离散，凄凉冷落无限感伤，第七句"戎马关山北"五字，便将国家的危难，个人的漂泊，绾合一处，凭轩涕泗，就不止是自伤世身了。"胸襟气象，一等相称，宜使后人搁笔。"并非溢誉之词。王夫之《薑斋诗话》说："'亲朋无一字，老病有孤舟。'自是登岳阳楼诗。尝试设身作杜陵，凭轩远望观，则心目中二语居然出现，此亦情中景也。孟浩然以'舟楫'，'垂钓'钩锁入题，却自全无干涉。"对杜孟二作的评论非常中肯。"设身作杜陵"，正是船山独到之见。

又如杜甫《闻官军收复河南河北》：

剑外忽传收蓟北，初闻涕泪满衣裳。
却看妻子愁何在，漫卷诗书喜欲狂。

白日放歌须纵酒,青春作伴好还乡。

即从巴峡穿巫峡,便下襄阳向洛阳。

　　浦起龙《读杜心解》评这首诗说:"八句诗其疾如气,题事只一句,馀俱写情,生平第一首快诗也。""快",是此诗的意境和风格。"快",首先是思想感情变化之快和愉快。诗人久经离乱,全家长期沉陷于愁苦中,忽闻国土收复,还乡可期,欢喜欲狂。"快",也是写作时一气呵成,振笔直书,写得淋漓尽致,跌宕生姿之快。黄维说:"杜诗之妙,有以命意胜者,有以篇法胜者,有以质俚胜者,有以仓卒造状胜者。此诗'忽传'、'初闻'、'却看'、'漫卷'、'即从'、'便下',于仓卒间写出欲歌欲哭之状,使人千载如见。"这几个词确实传出了"快"的神韵。我们如能设身处地的想一想,对诗的感受便倍觉亲切。在抗日战争时期,我也曾一度流寓他乡,忽听到日本投降的消息,顿时喜得手舞足蹈、热泪盈眶。很自然地高吟这首快诗,似乎就是自己的心声。

　　白发萧疏豪气在,兴来今日漫谈诗,然而只是漫谈而已。漫谈者,卑之无甚高论,不足以登大雅之堂也。

不薄今人爱古人（代序）

（一九八一年）

　　《洞庭湖》诗歌版只发旧体诗歌，得到了各方面的关注：有的同志称赞我们独树一帜，贯彻了双百方针，为旧体诗爱好者开辟了园地，有的同志指责我们封建意识严重，复古倒退，背离了诗歌发展的方向；有的同志劝我们勿冒风险，以免因诗贾祸。这些都是对我们的关心和爱护，非常感谢。可是无论誉者、责者、劝诫者都未能完全了解我们的心意。今天，特向关心我们的同志和读者简略地谈谈我们对诗歌的认识和设想。

　　我们从不鄙薄新诗。

　　诗歌是时代的声音。每一历史时期各有其代表时代的诗歌。从文学史看，诗经、楚辞、汉魏六朝乐府，唐诗、宋词、元曲，在当时都是新诗。律诗和绝句成熟于唐代，唐人称律绝为"今体"，"近体"，实与今言新诗同义。

　　我国的新诗是五四新文化运动的产物，虽然还只有六十年的历史，却已有了一些出色的诗人，不少优秀的诗篇。

　　说新诗没有成就是偏见，说新诗不如古典诗歌有大量为人们传诵的名作，是不符合历史唯物论的片面观点。流传至今的古典诗歌是恒河沙数中经过多少次淘汰留下的金子，而且也还不全是光灿灿的纯金。一般说，唐诗代表了我国古典诗歌的最高成就。《全唐诗》共收诗四万八千九百多首，作者达二千二百余人。但称得上开宗立派，影响深远的大家不过二十人左右。几个最通行的唐诗选本，《唐诗三百首》不用说，清代沈德潜的《唐诗别裁》选诗一千九百二十八首，一九七八年文学研究所编的《唐诗选》只选了一百三十多个作者的六百三十一首诗。固然不能说这些选本已做到沧海无遗珠，但遗落的毕竟不会太多。

我们难道不能从仅有六十年历史的新诗中选出百把颗亮晶晶的珍珠来？

但古今之分不全等于新旧体之分。

说新诗比旧体更有宽广的前途，应大力提倡和鼓励是正确的；而说旧体不能有反映今天的生活，抒发今人的感情就不切合实际了。

我们不必把《天安门诗抄》捧得过高，但感情真实，格调昂扬，有血有肉，可歌可泣，效果大，影响深，不愧时代强音，则已成定论。这本诗抄的第一辑中，新诗三十七首，旧体三百二十一首，旧体几乎为新诗的九倍，而且绝大多数作者是青年或中年人。如果我们因此贸然作出这样的结论：爱写旧体的比写新诗的人多，旧诗比新诗更富时代性，更宜于写革命题材——这当然是不正确的。然而也不由我们不承认旧体诗仍有强大的生命力，有广大的爱好者这个铁的事实。

说现代革命新诗的成就比写革命内容的旧体诗成就要大，也不尽然。提出这个论点的作家本人就说："至于毛主席的旧体诗和其他诗人少数杰出的旧体诗又当别论。"既有"别论"，故不尽然，无烦费词矣。

文天祥的《正气歌》，谭嗣同的《狱中题壁》，叶挺的《囚歌》，陶铸的《狱中》，不同的时代，不同的形式，写同样的题材，同为不朽之作。叶、陶两公，都是老一辈无产阶级革命家，叶作是自由体新诗，陶写的则是七律，有何高下？

说旧体诗题材窄小，容量不大，也是皮相之见。杜甫的诗，被公认诗史，正是由于他的作品，写了极其丰富广阔的题材，描绘了唐帝国由盛而衰的那个急剧转变时代的整个生活画面，较之当今任何一位革命诗人也不会逊色。至于容量，且不说《离骚》、《孔雀东南飞》、《蜀道难》、《北征》、《长恨歌》……这类震古烁今的宏篇巨制，其海涵岳负的容量早为众所周知。即以旧体诗中最短小的五言绝句而言，也有不少名篇的容量是惊人的。请看杜甫的《武侯庙》：

> 遗庙丹青落，空山草木长。
> 犹闻辞后主，不复卧南阳。

这首寥寥二十个字的短章，前两句极状古庙荒凉，寓吊古之情于写景；后两句概括了前后《出师表》的内容，写尽诸葛亮一生勋业和鞠躬尽瘁的心事，这有多么深广的容量。

今天已经不是驴背咏诗的时代，但"细雨骑驴过剑门"仍有它感人的艺术魅力。生活是多样的，艺术也是多样的。古代没有飞机，当然不可能有咏飞机的诗，现代却不妨仍有擅长画毛驴的名手。陈毅同志在丛莽中艰苦奋战时所写的《梅岭三章》和他乘专机所写的《六国之行》都是好诗，不容轩轾。

最近，老诗人戈壁舟同志对我说，他很想雇一艘木船，从宜昌溯江而上，饱看三峡风光。他这话颇富诗意。乘飞机过三峡，过眼云烟，瞬息万变；坐快轮下三峡，乘奔御风，一泻千里；坐木船上峡，则移步换形，千姿百态。各有雅趣，何必强同？

原来写新诗的作家，有的后来改写旧诗，有的双管齐下。对这些同志，决不能目之为复古倒退。港澳同胞，海外侨胞和日本朋友，更是酷爱旧体。去年十二月中旬，日中友好协会，组织了一个诗歌吟唱队来岳阳参观访问，他们说："日本有一千万人喜爱唐诗，有三百多万人会吟咏唐诗。"这是值得我们重视和深思的问题。

发展新诗，要向民歌学习，向外国诗歌学习、也要向我国古典诗歌学习。不少优秀的新诗作家，很重视学习古典诗歌优良的传统，贺敬之、郭小川等都取得卓著的成绩。

郭沫若的《女神》为我国新诗开拓了新天地。《女神》无疑地受了外国某些名作的影响，特别是名诗人惠特曼的影响。然而屈原和李白给《女神》的影响就比惠特曼小吗？《女神》中飞驰丰富的想象，奔腾豪放的感情，铿锵昂扬的韵律，瑰丽清奇的语言，字里行间，随时都可以看到屈原、李白那样积极浪漫主义的灵魂。

九疑山上的白云有聚有消。
洞庭湖中的流水有汐有潮。
我们心中的愁云呀，啊！
我们眼中的泪涛呀，啊！
永远不能消！
永远只是潮！

朗诵这《湘累》的一节，使人感到就是在读新的《离骚》和《九歌》。

新诗怎样"新"？可否这样设想：

饱和着新时代人民的思想感情，反映新时代的社会生活，有新的格律和音韵，具有优良的民族传统和民族特色。

诗歌和音乐有血肉相连的关系，诗歌一词的本身就体现了这种关系。我国最早的诗歌总集《诗经》叫《乐经》（另外还有一种《乐经》），以后的唐人绝句、宋词、元曲，都能被之管弦。

诗要能歌，它的语言必须富于音乐性，它的节奏必须有一定的规律。今天的新诗不要求能唱，但要便于记忆，朗诵起来要使人们感到有一唱三叹的感情气氛，因而也就要有规律性的节奏。

中国和外国的古典诗歌都是格律诗。今天格律诗在外国也仍有一定的优势。何其芳同志讲过这样一个故事：有一次，他问一位德意志民主共和国的年轻诗人，在德国是写格律诗的人多，还是写自由诗的人多？那位朋友不作正面回答，却说："我们写自由诗的人都是先受过格律诗的训练的。"我们觉得这句话很有风趣，也很有道理。

语言发展了,不应该让对旧体诗长期起支配作用的五、七言格律,再缚住新的格律诗。新的格律诗的条件是句法大体整齐,平仄交替而错综变化,有和谐的节奏,押韵。

精谙格律、才可以突破格律。不懂格律与突破格律,不可同日而语。那种连平仄、押韵、对仗都不懂而又乱标律诗、绝句或词牌的人,只能说是胡闹。

音韵是随着语言的发展而变化的,古有古韵,唐有唐音。今天写诗,当然要以现代的音韵为准则,如墨守《诗韵》而不敢越雷池一步,有时反而显得别扭。诗人的思想还是解放一点好。

没有想象就没有诗歌,不善于形象思维就不能写诗。

说真话的是君子,说假话的是骗子;骗子连做人的条件都不够格,还哪里够得上诗人!

在伟大祖国九百六十万平方公里的广阔土地上,到处都有新诗的林苑,莺歌燕舞,百花竞妍。我们特地在洞庭三十六湾的湖汊中为旧体诗这种仍有生机、仍有赏玩者的花提供一片小土,既无别开生面的雄心壮志,也不愿不识时务而被扫入历史的垃圾堆,"避席畏闻文字狱"的黑暗世界,我们相信一去不能复返了吧!

《洞庭湖》旧体诗词专栏只是小片园地,诚恳地希望作者和读者学习研究古典诗歌,继承优良传统,用旧体写新人新事,新的生活,并进而改革旧诗,为建立新的格律诗作点探索。

————此文载《洞庭诗选》第一期

壬戌秋日洞庭诗会序①②

（一九八二年）

　　盖闻洞庭称五湖之冠，浩淼竞溟勃而无涯；巴陵乃三峡之屏，形势扼京广之衡要。星躔当翼轸之区，疆场圻吴楚之域。九疑五岭，群峰抹黛以南来；四渎三江，迭浪翻银而东去。潇湘八景，果然气象万千；潭澧八州，尽是英雄子弟。轩辕张钧天之乐，灵均作离骚之吟。词章律吕，均此发祥；维楚有材，于斯为盛。洎乎唐宋，踵事增华，传奇则柳毅捎书，作龙宫之快婿；信史则杨么起义，振虎帐之雄师。张说之左转岳州，城楼始建；滕子京谪守巴郡，旧制斯增。日夜乾坤，杜子美传千秋绝唱；后先忧乐，范希文立旷代名言。三楚雄楼，八荒腾誉。

　　喜看人民世纪，神州沐舜日尧天；妩媚湖山，时雨润澧兰沅芷。睹今日之地灵人杰，慕前修之文采风流。爰约烟波钓徒，而结洞庭诗社。社以湖名，诗笔得江山之助；诗在言志，社员为时代而歌。无新旧之争，旧必出新，宜将旧曲翻新曲；通古今之变，古为今用，不薄今人爱古人。此乃本社论诗之大旨也。

　　忆自八零年元月诗社肇创，接东邻之吟侣，汰西崑之艳词，开北

---

① 1982 年 10 月 31 日，是日至次日，洞庭诗社在岳阳楼、君山举行大型诗会，省内外著名诗人曹瑛、杨第甫、康濯、丁芒等及洞庭诗社同仁百余人参加诗会。诗社社长文家驹先生作《壬戌秋日洞庭诗会序》，称此次诗会为"吾湘数百年未有之韵事"。此作影响深远。

② 曾经《广州诗词》发表，流传到港、澳、台等地。

海之清尊,泛南湖之画舫。旋而榴花蒲剑,节届天中,集海内诗坛百许人,溯汨水而谒屈子祠堂,登君山而吊湘妃墓地,波涌连天之雪,人歌动地之诗,洵为吾湘数百年未有之韵事。三年以来,在省地市各级领导和省内外诗人学者及各界人士关心扶植下,曾举行诗会十一次,与日本朋友举行吟诗会及学术交流三次,举办诗词讲座三次,出《洞庭诗刊》五集,编《洞庭诗选》一集,对继承我国古体诗词优良传统,繁荣古体诗词创作,活跃群众文化生活,加强统战工作,促进对外文化交流,加速社会主义精神文明建设,均曾发挥有益作用,诗社亦粗具规模矣。

　　兹者岁逢阉茂,月次三秋,高飙激于萧林,灏景凝其素节。枝头橘柚,香融万里芙蓉;石上藤萝,月映一洲芦荻。时有京华耆宿,归棹家山;湖海名流,扬帆楚水。或新知握手,文字缔交;或故侣谈心,沧桑论世。更喜天放新晴,驱散重阳之风雨;莫不人怀壮志,贯彻大会之精神。於是雄笔奇才,有激荡风雷之气;高情豪思,有抑扬天地之心。论诗学于怀甫亭前,师承圣哲;挥彩笔于朗吟亭下,藐视神仙。黄花老圃,斟来湛碧高罍;白石新词,写付小红低唱。群公才捷,早已百韵成章;老拙肠枯,聊缀丽词为序。数昔时之梓泽兰亭,无斯盛举;留今日之豪情逸兴,更约来兹。

箴言懿德忆师门

（一九八六年）

清代，我们醴陵的文运是很不昌盛的。那时，长沙各地的人为文不得意，便说是做了一篇"醴陵文章"，受人奚落嘲讽，一至如此。

独有吴德襄称三先生，以学者而兼诗人，雅量清才，士林推重。何绍基有赠称三先生诗："醴陵吴称三，澹静不模棱。春明恣游目，古匮归行縢……"称三先生为渌江书院山长时，傅钝安师和宁太一烈士都是入室高弟。称三先生非常爱重傅宁二人，严严课督，更循循善诱。曾听父老谈过有关傅先生的一件轶事：某年，从杭州来一歌伎，小字瘦青，粗通文墨，傅先生赠一副嵌字联："湖上梅花无碍瘦；堤边柳色不胜青"。送在裱画店装帧。称三先生每次由西山进城，必到店中观赏书画。傅先生知老师会看到那副对联，有点不安。黄昏时分，称三先生还山，对傅先生说："联语亦佳，但古人不是题目不吟诗。"傅先生悚然退省，以后常向朋友谈及，终身服膺不忘。

傅先生是我最尊敬的师长。我爱好古典文学，稍有阅读、译注、写作能力，多出于傅先生的教诲与甄陶。回忆最初拜见傅先生，是1924年在醴陵醴泉小学六年级的时候。傅先生是校长，但他在长沙工作，不常回校。我们的国文老师匡尧臣先生，是一位有道德、有学问、能文章的贤师，选了一些短小隽永的古文给我们读，如《桃花源记》、《为学一首示子侄》等篇，也教我们练习写文言文。有一次，傅先生回到学校，亲自为我们教了一堂课，讲的是《愚公移山》，讲完，要我们质疑问难。尧臣师点名命我发言。我先请问

"面山而居，惩山北之塞，出入之迂也"这个"北"字，可否即读作"背"字，意思更为不迂不塞，先生微笑不答。接着我更斗胆提出了一个与先生相左的意见。先生说：邻人京城氏之孀妻，有遗男，始龀，跳往助之。我却说："仍作跳字为好，跳字不仅妙状童子情态，且后面愚公驳河曲智叟的话有'汝心之固，固不可彻，曾不若孀妻弱子'几句，可见弱子非逃往，而孀妻也是赞助愚公的人。"这时，傅先生竟连声对尧臣先生说："孺子可教，孺子可教！"不料第一次请教，即得先生垂青。

第二年，我到了省一中就读。在中学阶段，傅先生没有教过我的课，但几乎每个星期天，都到先生家里，从先生习说文，读楚辞，偶作诗文，即呈先生批改。虽常常受到奖掖，而要求极严，于文章法度，诗词格律，甚至一词一句的推敲，指讹纠误，不稍假借，并且每次都启发我自己反复修改，必得先生首肯而后已。我中学毕业离开长沙时，去辞拜先生，恳请训诫。先生取出一把精致古雅的折扇，在上面写了九个汉隶："多读书！少动笔！慎交友！"并用行书作了诠释："多读书则积理富；少动笔庶免见笑方家，贻讥身后；慎交友可得直谅多闻之益友。"此扇我世袭珍藏，不幸于1944年日寇沦陷醴陵时连同我的书籍资料一并沦陷了。扇子遭了兵燹，而先生殷殷垂训的九字箴言，我是铭镂心版，永远不会消磨的。惭愧的是学殖荒落，老耄无成，深负先生期许。箴言虽铭记在心，笃行的工夫仍很不够，连自以为遵行得较好的少动笔一条，也曾有两次铸成大错。一是1933年，代友人刘石钧替国民党一个高级将领的母亲写过一篇骈文寿序；第二次是1946年，在醴陵开明中学任教时，一个姓贺的校董六十生日，找王名伟、巫雪鳌两位挚友请我写了一篇骈文寿序。贺某在经费方面，对学校确有很大资助，但非端士，我竟违心弄笔，严重违背了师门不是题目不吟诗的心法心传，愧疚无地，悔恨莫及。

早几天，李曙初同志偕湖北叶锺华先生来访，叶公是神交初晤，谈及很喜欢我的骈文，过誉增惭，在老友和新交面前，我不敢不说出我的两次错误。叶李二位也同声说:"不是题目不吟诗"的话,值得深思。

岁暮天寒,缅怀师门德惠,思绪万端。感激赧愧之余,有点茫然自失。情不自禁地默诵着司马迁的几句话:"高山仰止,景行行止,虽不能至,然心向往之。"舍此之外,我还能说什么呢?

——此文原载《美育》1986 年 3 期

编　后　语

　　我们的父亲,爱好古典文学。读诗、鉴赏诗词、写诗作文是他一生中重要组成部分。他的诗词文稿,熔铸了他几十年的心血成果,浸透了他的思想感情,折射了他的人生历程。

　　我们一直就有一个心愿:想将父亲的诗词文稿,收集、整理、编辑出版一本《文家驹诗文集》。特别是父亲去世以后,随着父亲渐行渐远,这个心愿愈来愈强烈。作为他的儿女,应该珍惜他的心血成果和思想感情,传承他的品德和精神。

　　这一心愿也是母亲的遗愿。母亲与父亲相伴六十年,生死相依,患难与共,苦乐同享,恩爱有加。长期以来,父亲的儒家人文气质,养成的生活习惯,全靠母亲无微不至的照料。收拾、保存整理父亲的诗文手稿,自然成了母亲的一项日常工作。多年来,母亲希望父亲有自己的一部诗文集出版。为了保存父亲的手稿,母亲想尽了办法,费尽了周折,也受尽了磨难。实现母亲的遗愿,是儿女们应尽的一份孝心,是对母亲养育之恩的一种回报,也是对母亲的在天之灵的一种慰藉。

　　"岳阳,地当江湘之浦,景集湖山之秀,历来是激发骚人词客情感的灵杰之地。……或行吟于梦泽,或啸傲于名楼,为岳阳的历史文化铺下深厚的底蕴。诗词传宗,代不乏人。……当代李锐、文家驹,都是名动一时的吟家。"①

----

　　①　《洞庭诗社 20 周年纪念》,第 60 页。

著名文学评论家李元洛先生说："文家驹是一位具有赤子之心的老诗人。"①

只有诗友和评论家对父亲的赞誉，不见其一本诗文选集，有时也令人费解，令人遗憾。

了却这一心愿同样是为了弥补父亲的挚友、诗友、学生和敬重他，关心他的人们多年的遗憾。

也正如岳阳市原任副市长、文艺评论家李凌烟教授在洞庭诗社成立二十周年庆典上题为《一点印象》的专题讲话中提到的："文先生是我的良师益友。文先生少年有'醴陵第一才子'之称，为人忠厚正派，才华横益。他精通诗律，词和古文都写得好，尤工骈文和楹联。他常爱说的一句口头禅是'不薄今人爱古人'。他的诗词格律严谨，善用比兴，信手拈来，富于韵味，读起来朗朗上口，回味无穷。我们都尊称他为'文老'。不过，听人家说，文老的诗写的多，丢的也多，而且随写随丢。我问过他，为什么不把早年的诗拿来精选一下，挑一批编一本集子？每每此时，他只是笑笑，说是要整理整理。谁知，一直到他去世，这个愿望也没有实现，实在可惜。不过我又想，或许这也是一种诗的格调、品味。""让人生体现出一种并不靠张扬和包装而拥有的无声价值。"②

为了这种"遗憾"和"可惜"的感叹，我们有义务和责任尽力去弥补，以真心感谢关注关心父亲和家人的所有朋友。

于是，我们在情感和责任的推动下，慎重决定：在2012年12月31日父亲诞生一百周年之际，呈献一本《文家驹诗文集》。以励后人，以谢友人，以慰逝者，以了父亲的诗词情缘，更是为了表达我们对父亲的深切怀念。

收集整理诗词文稿资料工作排上了我们的日程。这工作没有我

① 李元洛：《岳阳诗词作品精选》，《岸芷汀兰气蒸波撼》——《新时期岳阳诗词作品精选》（代序），中华诗词出版社出版，第6页。
② 《洞庭诗社20周年纪念》第2页。

们预计的那么简单和顺利,一是由于时间跨度较长,涉及内容较广,诗词文稿的全面保存难度十分大;二是父亲自己认为,新中国成立前创作的一些诗词,不成熟,自己不存稿,诗词大都储存在他的脑海里。他去世多年,要收集齐全实感困难。加之1938年的"长沙大火"和家乡醴陵遭日本鬼子沦陷,父亲的诗文作品、手稿两次被毁;后来,在"文革"中更是遭劫难。所以,我们在整理文稿资料的前段过程中,收集到的部分手稿,是1973年,父亲从"牛棚"中解放出来,重返教坛以后的作品手稿。这些近期诗文手稿,都由母亲保存在写着"老文诗稿"的卷宗内,包括有诗词近一百首,文稿七篇。

为了实现我们由来已久的心愿,为了尽可能将父亲的诗文作品收集得完整,反映父亲一生写作全貌,我们把主要精力放在寻找1973年之前父亲的诗文作品方面。

我们寻访了他生前的好友、同仁、和学生;寻访了他工作过的学校:原开明中学(现在的醴陵市二中)、岳阳市一中、原岳阳师范(现在的岳阳市三中和湖南民族职业学院),原岳阳师专(现在的湖南理工学院)。无论是父亲原来的学生、同事、好友、还是工作过的学校都给予了我们高度的关切和热情的支持,帮助我们查阅了大量的档案资料。幸运的是原岳阳师范学生葛怀宇同学给我们提供了,保存的1967年11月13日的一本油印资料——《把颠倒了的诗意再颠倒过来》。在这本珍贵资料中,为我们又提供了寻找"文革"前父亲的诗词作品的新线索:"原工作组在文家驹同志的近二百首诗中选了他们认为问题最大的九首,以此定为'三反'之罪。"

按这一线索,几经周折,在一包封存的档案资料里,我们终于找回这近二百首诗词手稿抄本二本:一本内有新中国成立前1935年至1949年作品九十七首,另一本内有1958年至1966年作品九十四首;同时,我们还意外地获得父亲写的《我的申述》一份资料。三份珍贵资料的回归,我们见物如见人,潸然泪下,百感交集,除欣喜外,更多的是感激,也存有疑惑和遗憾。

父亲在《我的申述》中说:"文化大革命初期,工作组于 1966 年 6 月 8 日进驻学校,6 月 12 日他们找我,索要我的诗文手稿,供他们作分析。把我写成的作品《近体诗一般规律通俗讲话》、《司马迁出生年表》、《对郭沫若〈离骚今译〉的几点意见》,及《〈文心雕龙〉今译》、《诗词格律》两部初稿;还有《中国共产党年表》(从 1921 年至 1965 年),是我用很多业余时间,蒐集很多资料编写的;有《从无到有与无中生有》——学习《矛盾论》有感、《学习〈实践论〉的点滴体会》、《读书随撷》等都收缴了。还命令我把以前写的诗词抄录给他们,我凭回忆抄录了两本,解放前后近两百首诗词,有些记不清了,不是全部,交给了他们。"

"1968 年为我平反,我找当时的工作组组长要求把这些作品和手稿退还给我,他说我搞反攻倒算,痛惜他不知这是我几十年的心血成果……"

这些文章文稿从不同角度,不同侧面反映出父亲对古典文学,对诗词研究探索的严谨科学的态度;以及一些不同于古人和时贤的独特见解,特别显现出了他对古典诗词格律的潜心研究成果。这些心血成果的丢失,对父亲来说,是历史的原因造成的遗憾,他不愿意将一个时代的历史错误,仅仅归结到一个个人身上,在他以后的写作中也无心回顾,疏于重新整理。对我们来说,也存疑惑和遗憾,为什么有些文章手稿无故的丢失了,有些却保存下来了? 庆幸的是我们找回了三件珍贵的手稿资料,所以,我们更多的是感激。

与此同时,我们还查阅了曾发表过父亲有关作品的书籍、刊物如《五四以来诗选》、《当代百家旧体诗词选》、《诗刊》、《中华诗词》、《湖南诗词》、《洞庭诗词》和《湖南当代诗词选》、《岳阳诗词作品精选》等刊物,把父亲手稿中没有的诗词文章部分,做了索引和补充。我们把这次寻回的手稿抄本上的近二百首诗词,从有关刊物上录载下的诗文作品,加上 1973 年以后的作品,汇集起来,有诗词三百多首,完整的文章手稿十多篇。到此,收集文稿资料的工作,暂告段落,紧接要做的是编辑工作。

我们编辑父亲的诗文集的原则是:维持父亲的诗词文稿的原稿原貌,保留他的原汁原味。

我们在父亲诗文集编辑的过程中,曾经想将诗词文稿作些筛选,作些删除;后来,我们还是否定了这一做法。因为,我们水平有限,留与舍,难定夺。"维持原稿原貌"的编辑原则已确定,就按原则办,它们也有各自存在的缘由。

虽说诗作中有三处重复部分:《咏梅》组诗之二与《生日抒怀》组诗之九重复;《绝句三首》之《桥头晚眺》、《夜吟》与《乙酉秋日杂诗寄骏弟晃县》之二、三重复;《读史绝句》之《孔明》、《关羽》与《读史绝句》(三国志)之《孔明》、《关羽》重复。它们在不同的诗组内,不同的历史背景中,有不同的诗情寓意,读起来亦感觉自然。

在有的组诗前面或后面写的序言、注释(其中"注"表示作者注释,"编者注"表示编者添加的注释)、小束,显得较多较长。如《南京失陷》、《大选》、《自嘲》等。但读了注释再读诗,对时代背景,对各个出现的人物,对其诗的内涵,就了解得更明白透彻。也就不觉得"多余"和冗长了。

诗词作品中,在特殊历史环境和年代写的几首诗;还有在特定场合,信口而占、信笔而写的诗作。它们记录的是父亲生活时代的一个侧面,是父亲当时的一种情感,一种心境,也是父亲人生历程的不可缺失的轨迹。我们从这些诗中,不但可读到其时代的特质,而且可关注到父亲所秉持的态度、信念;了解到他随时代的发展变化,不断改造自己的思想,不断磨炼自己的道德修养和文学修养的过程。我们认为以一种真诚、谦逊的态度,维持原稿原貌,比删除它们可能好一些。

"平生嗜好浑忘尽","业余诗赋最关情。"父亲的诗文"写的多,丢也的多","多"的实质,是指因为历史的原因,使他写作的诗文一次次遭毁灭的多,又一次次地坚持继续写作;"多"的另一方面含意,是指他读书写作表现在诸多方面，多姿多彩。诗、词、对联、骈文、散曲、读书随撷……还有他的书信、日记也是不拘一格，或杂言诗词创作，或议时事世道，或寓哲理，或寄亲情厚爱……针砭入时，启人深思。

我们原本想将这类作品，也编入一部分到书中作为补白。可惜这些作品丢失太多，收集到的仍是数量有限，如父亲写作的受人称誉的骈文，仅收集到一篇《壬戌秋日洞庭诗会序》。我们最想找到的青少年时期的作品和被誉为"神童"、"才子"的成名之作，也希望落空；其余种种，也为数不多，于是，这一想法只能作罢。

我们收集到的文稿资料中，作品写作时间最早的是1935年。根据父亲在自传中的记述和有关文章中的回忆，父亲的写作历史，可追溯到1925年前后，但是其作品同遭毁失。本诗文集中，首篇作品是1935年写的《都门吟》，这也是我们在作品编辑中需要说明的原因。

我们在编辑的方法上，大致按作品体例分为两大部分：

上编，诗词。统一按成稿时序编排，新诗与旧体诗词、旧体的诗与词、绝句中七言绝句与五言绝句等等，我们就没有再做细分。

下编，诗论。包括5篇和诗词创作、鉴赏有关的诗评与诗论，与上编互为表里，有相辅相成的作用。我们仍按作品成稿时序编排。

这一编辑方法，我们觉得简单明了，编排出来的作品创作顺序表，就像一部简要的父亲生平创作年表，并自然而客观地反映出了父亲作品创作的几个阶段。

父亲在《我的申述》中，回忆他在文化革命前的写诗经历的几个阶段时说："我从小爱读诗词，也写过一些诗词，旧体诗写得多些，新诗写得很少，写的多数是组诗，诗兴偶来，顶多用一个晚上的时间就写成。我写诗只是一种爱好，只为抒发自己的感情。"

"解放前，我写了不少诗词。其中部分是写失学失业流浪生活，思想痛苦矛盾，反映佛老处世思想和应酬咏物之作；更多的是追求真理，向往革命，揭露日本帝国主义侵略中国罪行，痛骂国民党反动政府祸国殃民,呼唤救国救民的篇章。对这些作品,我认为不成熟,不爱惜,也没正式存稿,写的多也丢的多。"

"1949 年—1957 年,新中国成立,百废待兴,教育工作尤为突出。我的业余学习时间,多用在研读《中国共产党史》,学习毛主席的《矛盾论》、《实践论》等著作上。在这些方面写了些学习体会,给老师和学生做了些专题辅导报告。当时,对于古典诗词创作的继承和革新,我还在寻找一个"契合点",恐怕束缚妨碍学生思想进步,更怕谬种流传,贻误青年,这段时间,我不写旧体诗词。"

"1958 年—1966 年,文学艺术界提倡进一步贯彻'百花齐放,百家争鸣'方针,批判地继承民族文化遗产;加之 1959 年上半年,我在'三反运动'中,爱冤枉,遭迫害,1961 年甄别平反,恢复了我的工作,'万好千强,今日微霜尽转阳。'沉冤洗尽,心情舒畅,五十初度感怀,为争取晚年努力工作,报答党的恩情,这段时间,写了不少诗词和文章⋯⋯"

父亲在"文革"这一阶段,从 1967 年至 1973 年他遭受了长达八年的磨难,在那身心受到严重摧残,没有自由,没有尊严的日子,父亲"因诗贾祸",但又靠诗文支撑他的信念。当时的日课,就是背诵诗文,领略其韵味意境,"驱寒不用陶公酒,鲁迅文章主席词"使他从忧虑中解脱出来,透过排空浊浪,看到皓月千里。这段时间里,我国诗坛正处于一个封闭、窒息的状态,父亲被剥夺了写作的权利,父亲很想写诗,但没见什么作品。

1973 年后期,父亲从"牛棚"中解放出来,重回岳阳地区师范工作。1976 年至 1979 参加《辞源》再版修订编辑工作。1980 年初,正是粉碎"四人帮"之后,文艺复兴刚刚启动,他与诗界几位同仁、诗友,率先全国举起吟旗,发起成立了洞庭诗社,亮出第一面传统诗词创作团体的旗号,并任首届社长。1981 年父亲临近 70 岁,再度出山,担任了第一位由湖南省人民政府任命的岳阳师范高等专科学校校长,1986 年离休。

这段时期,"文革"结束,"四人帮"倒台,拨乱反正,平反冤假错案,知识分子地位发生了根本变化,人格受到尊重,思想空前解放,文化教育科技复兴迫在眉睫。"五洲震荡神州好,老骥嘶风猛着鞭",这种尘封已久的爱国缴情,壮志未酬的情感,又从父亲的心底喷发出来。父亲"不伤衰老不悲秋",这一时期成为他工作最顺利,生活最充实,心情最畅快的岁月,也是他诗文创作最丰富最成熟的高峰期。父亲诗文创作的几个阶段,不但与我国当代文学的同时期的创作特点相呼应、相对称;而且,不随波逐流,每个时期的创作作品和创作活动,都有独特之处。

特别突出的是在这一阶段,他不但自己创作了诸多体例纷呈,情文并茂的作品;父亲作为诗社社长,对古典诗词的创作繁荣还挑出了"推陈出新,革新改造"的旗帜,办刊物,育新人。诗社与《洞庭湖》文学杂志社,结成亲密的"姊妹社",互相配合与支持,开辟专栏,在全国文学刊物中第一个发表古典诗词。上海华东师大苏渊雷教授看了以后写信给他说:"岳阳为复兴中华诗词立了头功。"①

父亲更是远绍工部、遗山,用组诗的形式写绝句评论诗词创作,倡导旧体诗词改革,为诗词创作的振兴鼓与呼:"爱诗不作古人囚,创新不学新打油。真情实境供诗笔,芥子须弥任自由。"他提倡"诗分有我无我境,此义难参复启疑。无我境中须有我,浑然无我即无诗。"他呼吁"诗韵应随时代改,陈规墨守忒顽痴。""恢弘诗道偿宏愿,改革艰难共运筹。"他在《洞庭诗选》创刊号发表重要文章,提出的"不薄今人爱古人"的诗词创作新理念,在国内外产生了广泛影响。创立的诗词社团——洞庭诗社,成为了一个影响力大,知名度高,凝聚力强的文化团体,是文艺"岳家军"的重要组成部分,在岳阳文化发展史上留下了浓墨重彩的一笔。

我们是在父亲"长诵短吟"的诗歌声中长大的,但对父亲的诗

---

① 《洞庭诗社20周年纪念》,第21页。

文,以前很少认真细品过,经历了收集整理父亲的诗词文稿这一过程,我们对他的诗文,自然而然有了更深一层的认识和感悟。

父亲的人生道路就是一部长诗,他怀着一颗"赤子之心"创作的自传式的"史诗",与时代脉搏紧密相连。不仅具有鲜明的强烈的政治倾向,而且将自身的特殊遭遇和经历,个人的悲欢与国家的人民的悲欢融合在一起,充满着热爱祖国、热爱人民、热爱共产党、敬仰革命领袖之情。

父亲的诗词蕴含着深广的社会内容。从直击国民党反动派的黑暗统治,腐败无能,到土崩瓦解;从国共合作到抗日战争;从人民解放战争到新中国成立;从社会主义革命和建设到改革开放。其间的大事件、大走势、大局面,他目之所及,情之所感,迸发为诗。诗中历史的风云,深沉的思索,正义的呐喊,光明的向往,真理的追求,情感的倾吐,事业的执著,美好的寄托,都表达得朴实忠诚;饱含着他的爱与恨,渗透着他的血和泪,充溢着他的乐和忧,他的正直、他的善良、他的胸怀、他的境界……这一切的一切都体现在他的诗中。

"'秋水为神玉为骨,诗才如海笔如椽。'可以说恰切地评价了他的诗才人品。"①父亲的诗文更因个性和信念,儒雅中饱含刚毅,逆境穷途中也潇洒豁达,"纵令文字能成狱,欲吐精诚敢赋诗"。就是到了嘉年盛世,父亲也是:"今者欣逢河青海晏之明时,人怀振兴中华之壮志。万端皆在改革,势若狂飙怒涛。诗歌改革既为最难,其需要改革亦最迫切。勇往直前,自强不息,庶克竞此大业。要将填海移山志,进作铿金戛玉声②"。"豪兴不因华发减,诗功微比绮年深"、"白发举红旗,丹心志不移"。

我们在边读边悟父亲的诗文的时候,感觉到他又一步一步地向我们走来,愈走愈近,就像我们簇拥在他身旁,听他述说一生的经历。

---

① 《洞庭诗社 20 周年纪念》,《第一任社长文家驹》,第 87 页。
② 文家驹:《洞庭诗选》,第二期序言,1983 年 5 月 25 日出版。

父亲的诗词给人启迪，教人深思，给人鼓舞，催人奋进。我们编辑出版父亲的诗文集的过程，是我们又受到了一次思想的洗礼和灵魂的净化的过程。父亲的诗词文章，还有未编入的日记和家信，越读越品，越感亲切，对我们的今生与后辈都是一部很好的教科书。

我们编辑出版父亲的诗文集，不仅为纪念他诞生一百周年，更是为实现他寄托于我们的希望："丹心早为人民死"，"岸芷汀兰看郁郁"。父亲把自己的一生无怨无悔的奉献给了人民教育事业，呕心沥血，诲人不倦，只知奉献，不求索取，为人师表，高风亮节的高尚境界，是我们应秉承的风范品德；"家世文山传正气"，"千秋忠烈仰家风"。父亲真诚友善的仁爱之心，淡泊名利，不务虚荣，一身正气，两袖清风，廉洁自律的人格品质，是我们应承传的家风家训。我们只有像他一样，"传正气"，"仰家风"，不懈努力，延续不断，才是我们对父亲的忠诚和孝顺；才是我们纪念他，缅怀他的真正意义。

著名作家周而复老先生说自己是"不斤斤于逆境，不戚戚于穷途，不惧势利人白眼，不祈权势者青睐，问心无愧，默默耕耘……"① 我们想，父辈这一代文人的气质大都是相同相通的，父亲的人品、文品、诗情、诗德……父亲的一生都可以这样理解。

做完了一件我们应该做的事情，我们的心情特别欣慰，我们的欣慰就是父亲的欣慰，同样也是母亲的欣慰。在纪念父亲诞生一百周年的日子里，这本我们用"心"编辑的《文家驹诗文选》作为迟到的礼物，献给父亲，以寄托我们的深情。

在收集整理父亲诗词文稿的过程中，父亲诸多的朋友、诗友、同事、学生，知晓我们准备出版"诗文集"的信息后，给予了极大的关注和热情的支持，有的还寄来了怀念父亲的文章和诗词。由于文集收录的仅是父亲本人作品，他人作品未收录在内，在此表示感谢和

---

① 援引《文学报》，《著名作家周而复十六载蒙垢，心路首次披露》，2004 年 9 月 23 日版。

歉意。

我们忠诚地感谢在编辑出版《文家驹诗文集》的过程中，父亲的朋友、同事、学生，以及他工作过的学校、洞庭诗社的同仁，给予我们的热情支持，具体的帮助和指导。我们向所有关心支持本书编辑、出版工作的同志和朋友们表示衷心的感谢。

由于我们编辑本文集的时间仓促，个人水平有限，虽然作了很大的努力，疏失之处在所难免，恳请朋友和读者们谅解，批评指正。

编者：爵文、励文、洛文

亢文、恒文、艺文

二〇一二年七月一日